共和国故事

放飞希望

——全国大力开展文化科技卫生三下乡活动

陈秀伶 编写

吉林出版集团股份有限公司

图书在版编目（CIP）数据

放飞希望：全国大力开展文化科技卫生三下乡活动/陈秀伶编. ——长春：吉林出版集团股份有限公司，2009.12

（共和国故事）

ISBN 978-7-5463-1920-9

Ⅰ．①放… Ⅱ．①陈… Ⅲ．①纪实文学-中国-当代 Ⅳ．①I25

中国版本图书馆CIP数据核字（2009）第237786号

放飞希望——全国大力开展文化科技卫生三下乡活动
FANGFEI XIWANG　QUANGUO DALI KAIZHAN WENHUA KEJI WEISHENG SANXIAXIANG HUODONG

编写　陈秀伶

责任编辑　祖航　黄群

出版发行　吉林出版集团股份有限公司

印刷　三河市嵩川印刷有限公司

版次	2010年1月第1版	2022年1月第8次印刷
开本	710mm×1000mm　1/16	印张　8　字数　69千
书号	ISBN 978-7-5463-1920-9	定价　29.80元

社址　吉林省长春市福祉大路5788号

电话　0431-81629968

电子邮箱　tuzi8818@126.com

版权所有　翻印必究

如有印装质量问题，请寄本社退换

前　言

自1949年10月1日中华人民共和国成立至今,新中国已走过了60年的风雨历程。历史是一面镜子,我们可以从多视角、多侧面对其进行解读。然而有一点是可以肯定的,那就是,半个多世纪以来,在中国共产党的领导下,中国的政治、经济、军事、外交、文化、教育、科技、社会、民生等领域,都发生了深刻的变化,中国人民站起来了,中华民族已屹立于世界民族之林。

60年是短暂的,但这60年带给中国的却是极不平凡的。60年的神州大地经历了沧桑巨变。从开国大典到60年国庆盛典,从经济战线上的三大战役到经济总量居世界第三位,从对农业、手工业、资本主义工商业的三大改造到社会主义市场经济体制的基本确立,从宜将剩勇追穷寇到建立了强大的国防军,从废除一切不平等条约到独立自主的和平外交政策,从"双百"方针到体制改革后的文化事业欣欣向荣,从扫除文盲到实施科教兴国战略建设新型国家,从翻身解放到实现小康社会,凡此种种,中国人民在每个领域无不留下发展的足迹,写就不朽的诗篇。

60年的时间在历史的长河中可谓沧海一粟。其间究竟发生了些什么,怎样发生的,过程怎样,结果如何,却非人人都清楚知道的。对此,亲身经历者或可鲜活如昨,但对后来者来说却可能只是一个概念,对某段历史的记忆影像或不存在,或是模糊的。基于此,为了让年轻人,特别是青少年永远铭记共和国这段不朽的历史,我们推出了这套《共和国故事》。

《共和国故事》虽为故事,但却与戏说无关,我们不过是想借助通俗、富于感染力的文字记录这段历史。在丛书的谋篇布局上,我们尽量选取各个时代具有代表性或深具普遍意义的若干事件加以叙述,使其能反映共和国发展的全景和脉络。为了使题目的设置不至于因大而空,我们着眼于每一重大历史事件的缘起、过程、结局、时间、地点、人物等,抓住点滴和些许小事,力求通透。

历史是复杂的,事态的发展因素也是多方面的。由于叙述者的视角、文化构成不同,对事件的认知或有不足,但这不会影响我们对整个历史事件的判断和思考,至于它能否清晰地表达出我们编辑这套书的本意,那只能交给读者去评判了。

这套丛书可谓是一部书写红色记忆的读物,它对于了解共和国的历史、中国共产党的英明领导和中国人民的伟大实践都是不可或缺的。同时,这套丛书又是一套普及性读物,既针对重点阅读人群,也适宜在全民中推广。相信它必将在我国开展的全民阅读活动中发挥大的作用,成为装备中小学图书馆、农家书屋、社区书屋、机关及企事业单位职工图书室、连队图书室等的重点选择对象。

编　者

2010 年 1 月

目录

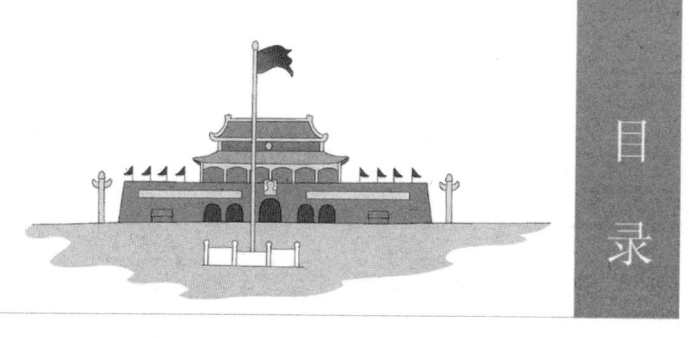

一、决策实施

十部委联合下发通知/002

大学生展开志愿服务行动/005

河北省狠抓"三下乡"工作落实/008

内蒙古掀起"三下乡"活动高潮/012

"三下乡"活动在襄阳市扎根/014

沾益区打造"三下乡"品牌/019

乐亭县推动乡村文化事业发展/023

乳山市大力推进"三下乡"活动/025

甘肃不断创新"三下乡"/029

拉萨市扎实开展"三下乡"/031

农业部举办科技下乡活动/035

各地大力开展"三下乡"活动/037

二、参与活动

天津师大积极参与"三下乡"活动/044

西北民族学院支援定西/047

鸡西科协推动老区经济发展/049

贵阳开展文化科技下乡活动/053

山东妇联促进"三下乡"/055

青岛学联组织学生实践活动/058

信阳师院组建支教队/060

目录

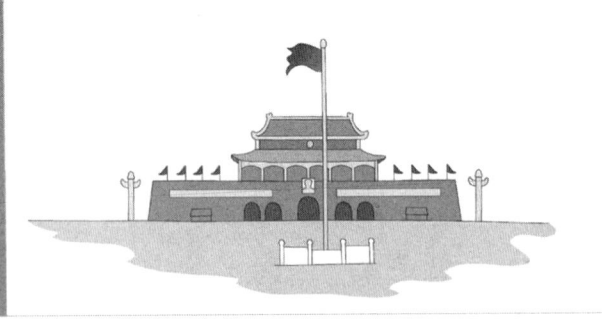

　　进贤县举办科技下乡活动/063

　　专家亲赴现场解决问题/065

　　老教师办简报造福乡亲/070

　　农民热衷赶科普大集/073

　　农业院校开展"三下乡"活动/075

　　陈晏杰开发远程教育/077

三、百姓受益

　　农民借上网电话促发展/086

　　科技让农民收入增加/089

　　淳安县扶贫工程助致富/092

　　杨生源致富不忘乡邻/095

　　新型培训保证双丰收/098

　　文化下乡转变农村风气/100

　　宝丰彰显农村文化底蕴/103

　　农民热烈欢迎文化下乡活动/105

　　农家书屋让农民长知识获收益/107

　　专家为农民带来福音/109

　　安徽卫生下乡活动双双受益/112

　　群众称赞"三下乡"活动搞得好/115

　　送医送药下乡深得民心/117

一、决策实施

- 基层干部群众高兴地说:"这样的'三下乡',为农村建立了'不走的工作队',把'三下乡'变成了'三扎根',真正是为人民办实事、办好事。"

- 甘肃省文化厅负责人说:"现在'三下乡'已经变成了'常下乡',随着农村经济社会的发展,我们相信今后'三下乡'的路子将会越走越宽,活动会越办越好。"

- 一位基层干部说:"专家的辅导,讲的是我们县里的事,举的是我们身边的例子。我们听着亲切,理解得深刻。这样的下乡形式真是太好了。"

十部委联合下发通知

1996年12月,中共中央宣传部、中央文明办、教育部、科技部、司法部、农业部、文化部、卫生部、国家人口计生委、国家广播电视总局、新闻出版总署、共青团中央、全国妇联和中国科协联合发出《关于开展文化、科技、卫生"三下乡"活动的通知》。

这是为了促进农村文化建设,改善农村社会风气,密切党群、干群关系,深入贯彻党的十四届六中全会精神,大力推进农村精神文明建设,满足广大农民的精神文化生活需求而开展的一项活动。

文化、科技、卫生"三下乡"内涵十分丰富。文化下乡包括:

图书、报刊下乡,送戏下乡,电影、电视下乡,开展群众性文化活动。

科技下乡包括:

科技人员下乡,科技信息下乡,开展科普活动。

卫生下乡包括：

　　医务人员下乡，扶持乡村卫生组织，培训农村卫生人员，参与和推动当地合作医疗事业的发展。

在中宣部等十部委联合下发"通知"之后，科协系统积极开展"科普之冬""科技之春""科普宣传周""科普千里行""科普百乡行""少数民族科普示范工程"等科技下乡活动。

卫生系统积极送卫生下乡，促进农村卫生事业的发展。

各高校系统的大中专学生，在文化下乡中，发挥了重大的作用。通过"三下乡"实践活动，既促进了当地先进生产力的发展，又帮助和引导大学生按先进生产力发展要求成长成才；既传播了先进文化，又帮助和引导大学生接受先进文化的哺育；既服务了人民群众的根本利益，又服务了大学生的全面发展。

"三下乡"活动，把组织活动与机制建设结合起来，抓住当前效果，同时也考虑长远利益。通过有效的工作机制，保证"三下乡"，常下乡。

"三下乡"还把"送"与"用"结合起来，在"用"字上着力，在提高效果上下功夫。把"送"与"建"结合起来，在往下送的过程中，着眼于加强阵地队伍设施建设，增强农村经济的造血功能。

通过"三下乡"活动，国家把发展经济、建设小康和扶贫攻坚结合起来，为农村中心工作服务，为农民致富服务。把集中活动与经常工作结合起来，抓好集中活动，发挥示范作用，做好日常工作，满足农民需要。

同时，把实际活动与雪中送炭结合起来，突出工作重点，着重帮助贫困地区的农民；引导农民解放思想，更新观念，提高素质，增强致富能力。

此外，通过"三下乡"活动，使各部门的业务工作结合起来，服务农民，锻炼队伍，推动部门工作，加强自身建设。

培育农村文化市场，制定政策措施，多渠道、多形式，引导扶持农村文化、科技、卫生事业的繁荣发展。

大力开展文化、科技、卫生"三下乡"活动，是政府各部门在农村贯彻党的十四届六中全会精神的一个重要举措，是党全心全意为人民服务宗旨的具体体现。

在1997年，旨在大力推进农村精神文明建设，满足广大农民的精神文化生活需求的"三下乡"活动，正式实施。

大学生展开志愿服务行动

社会实践是育人的重要内容和有效手段，党和政府历来重视青年学生实践能力的培养。

自1997年以后，在每年的暑期，数以百万计的大学生以志愿者的身份，组成实践服务团队，深入农村，特别是到贫困落后和欠发达地区，开展文化、科技、卫生服务，在实践中受教育，长才干，作贡献。这就是中国大中专学生志愿者暑期文化、科技、卫生"三下乡"社会实践活动。

这项由共青团中央会同中共中央宣传部、中华人民共和国教育部、全国学联共同组织的活动，其目的在于引导青年学生认识国情、了解社会，在服务农村经济建设和社会发展中，提高全面素质。

在1997年暑期，共青团中央、中宣部、国家教委、全国学联共同组织开展了中国大中学生志愿者暑期文化、科技、卫生"三下乡"活动。

就在当年，共有218万名大中学生志愿者参加了"三下乡"活动。其中大学生40万人，各高校、中专派出的志愿服务队达1.62万支，对15万农民进行了扫盲和文化辅导，为农民文艺演出6000多场，举办农村发展讲座3600场。

在1998年，大学生志愿者"三下乡"人数，与1997年相比增加了10万人，达到了50万名大学生志愿者下乡的规模，他们在农村经济社会发展中，发挥了很大的作用。

1999年，"三下乡"活动除了在规模上继续扩大以外，还呈现了各地重视程度高，活动重点突出，注重机制建设，加强活动宣传等特点。

各地各学校在学生中广泛宣传"三下乡"的意义，引导学生积极参与，在活动中了解国情，服务社会，报效国家，提高自身素质。

在2000年，参与"三下乡"社会实践活动的本专科生100余万人。其中2000余名博士生组成180支博士团。博士团"三下乡"志愿服务行动，供需两旺，成果丰硕。

志愿者博士团"三下乡"活动一经推出，立即得到了博士生的积极响应。

博士团从最初规划中的100支，一增再增，一再突破，最终达到180支。

不少院士、教授、大学党委书记、校长亲自带队，浙江大学还组织了博士后团。

博士团的活动，遍及全国31个省、区、市，很多地方出现了"争抢"博士团，"预定"博士团的现象。

活动前，不少地方党政、企业领导委托当地团组织联系博士团，陈述问题，请求博士团支援。

在活动期间，博士团签订了一大批科技含量较高的合作协议，许多项目已实施。

大中专学生志愿者暑期文化、科技、卫生"三下乡"社会实践活动，把青年学生成才报国的理想同国家经济和社会发展的客观实际结合起来，促进了青年学生全面素质的提高和农村两个文明建设，促进了产、学、研结合。

大学生作为全社会文化知识和文明水准较高的一个群体，通过大规模的服务实践，在全社会发扬了志愿服务精神，为中国广大农村传播了现代科技文明，密切了青年学生与广大人民群众的联系。

河北省狠抓"三下乡"工作落实

河北省委、省政府高度重视"三下乡"工作，各级党委、政府也把"三下乡"工作摆上了重要工作日程。

在 1996 年，河北省把"三下乡"工作列为全省"九五"时期精神文明建设的"五大工程"之一。《河北省农村小康建设规划纲要》实施后，在小康达标验收中，实行文化指标一票否决。

在 1997 年，省委、省政府成立了以省委副书记为组长、18 个省直部门参加的"河北省小康文化工作协调领导小组"，每个单位明确一名班子成员和一个责任处室负责人专门负责"三下乡"工作。

同时，省委、省政府还将"三下乡"活动开展的情况列入省委对各成员单位的年度考核，"三下乡"工作任务没有完成的单位及其主要领导，年度考核不能评为优秀。

各市、县也根据工作需要，成立了相应的领导机构和工作机构。

"三下乡"是为农民群众办实事、办好事的德政工程，必须有必要的资金作保证。

在 1997 年和 1998 年，河北省财政拿出近 900 万元，为全省每个县都配备了一辆"三下乡"的大篷车。

从 1998 年开始，省委每年拿出 100 万元作为"三下乡"工作的专项经费。

从 2000 年到 2004 年，省财政又划拨 9500 多万元，用于"宣传文化示范工程"和"太行山革命老区宣传文化工程"建设。

在开展"三下乡"活动以来，省、市、县各级财政用于"三下乡"工作的资金达 1.3 亿元以上。同时，各职能部门在送技术、送实物的基础上，也不断加大资金扶持力度。

在"送"的同时，河北省还重点抓了农村文化、科技、卫生基础设施建设。

在"读书兴农"活动中，各级各有关部门，仅 1998 年就捐书 120 多万册，充实了已藏书 5000 册以上的农村图书室 151 个。

从 2000 年到 2004 年，河北省政府组织实施"宣传文化示范工程"，建设省、市级"宣传文化示范村"近千个。

为了在农村建设一支不走的"三下乡"队伍，全省 491 个"宣传文化示范村"都建立了锣鼓队和文艺宣传队，而且还配备了专、兼职农村广播员和图书管理员，加强文化建设。

文化、科技、卫生等部门采取定向培养、在职进修、义务培训、专家讲座等形式，为农村培养了一大批文化、科技、卫生骨干，使他们成为农村不走的"三下乡"

队伍。

河北省文化厅、省农业厅等行业主管部门,结合自身职能和行业特点,把"三下乡"与工作目标考核、专业技术考核挂起钩来。

省卫生系统出台了《关于城市卫生技术人员晋升卫生系列职务前到基层工作的实施意见》,规定医务人员在基层服务达不到规定天数,不能晋升上一级专业技术职务。

文化、科技部门制定了《文化、科技人员下乡奖励办法》,对文化、科技部门的专业技术人员下乡服务,制定了规范化的考核奖励标准。

由于制度落实、措施到位,几年来,省直剧团每年下乡演出一般不低于50场,市级剧团不低于100场,县级剧团不低于150场。

农业部门制定了下乡服务制度,长年组织科技人员下乡,到田间地头、蔬菜大棚、养殖场等进行现场指导,帮助农民解决生产生活中的难题。

这些制度的建立和完善,有效地调动了有关人员的下乡的积极性,使"三下乡"的工作由虚转变为实,由"软"指标变成了"硬"任务,做到了"三下乡"为"常下乡"。

河北省卫生厅制订了系统的对口帮扶规划,省、市级医院都选择一至两个县、乡医院,作为对口支援单位,每两年轮换一次。

农业、林业、畜牧等部门通过对口帮扶，与基层签订长期合作协议，通过项目合作带动贫困地区经济的发展。

省妇联组织全省农业专家、技术女能手与贫困村妇女签订了"手拉手"扶贫协议。

对口帮扶机制，在涉农单位、专业技术人员与农民之间架起了畅通的服务桥梁，推动了"三下乡"活动长期深入地开展。

内蒙古掀起"三下乡"活动高潮

1997年底,内蒙古自治区党委、政府发出通知,要求进一步搞好两节期间的"三下乡"活动,全区各地的科技、医务、文化艺术人员,纷纷走向基层,使"三下乡"活动再次掀起热潮。

冒着塞外的严寒,全区"百团千场基层演出"活动开展得红红火火。从呼和浩特市郊区毫沁营子简陋的露天戏台、巴彦淖尔磴口县的农家大院,到锡林郭勒草原深处牧民的炕头、二连浩特的边防哨所……到处可以看到演员们独具地方特色和民族特色的表演。

广大文艺工作者用群众喜闻乐见、通俗易懂的形式,把党的十五大精神、科技文化知识、新观念、新风尚送到群众的心间。

常年坚持为周围盟市农牧区群众送医送药的内蒙古医院,再次组织医务人员和医疗专家,组成医疗服务队,深入地处山区的清水河老区乡村,为农民群众送医送药、义务诊治。

仅一周时间,就使1000多位患者不出村就能得到专家的精心诊治,并为乡卫生院配备了价值1万多元的医疗器械。

包头市第二医院的"下乡扶贫万里行"活动,不仅使偏远的达茂草原的数以千计的牧民患者得到了专家的救治，而且还无偿为乡镇苏木卫生院所配备医疗器械，培训医务人员。

在1997年底，全区有400多支医疗队陆续深入农牧区，昼夜为老百姓解除病痛。

科技下乡工作队走到哪里，就在哪里被渴望脱贫致富的农牧民团团围住。

呼和浩特市郊区的科技人员，把旱作高产玉米、黄豆等良种和1000多份农牧业科技资料送到边老区界台村，被聚在小学校等候已久的村民们一抢而空。

兴安盟突泉县组成科技人员巡讲团，一个多月就培训农牧民近万人；呼市清水河县的科普小分队，深入14个乡镇，放映科技电影、录像400多场，发放科技资料6000多份。

全区有数万名农牧业科技人员深入到农牧区，为农牧民开展着各种实实在在的科技服务活动。

"三下乡"活动，为内蒙古自治区的人民带来了无尽的快乐与希望。

"三下乡"活动在襄阳市扎根

在1997年,中宣部等部委联合下发《关于开展文化、科技、卫生"三下乡"活动的通知》后,湖北省襄阳市按照通知要求,组织开展了"三下乡"活动,取得了令人瞩目的成绩,受到了广大农民的热情赞誉。

长期以来,文化生活贫乏、科学技术落后、卫生水平低下的状况,一直是困扰农村,尤其是老少边穷地区脱贫致富的重要因素。

扶贫先扶志,治穷先治愚。因此,开展"三下乡"活动是非常正确和必要的。

活动一开始就受到了群众广泛而普遍的欢迎,广大农民奔走相告,拍手相庆。

"三下乡"活动,充分体现了党和政府对农民、农村、农业的关怀与关心,体现了社会主义大家庭的温暖。

对此,各级党委政府和相关部门逐渐形成共识,并给予了多方关心与支持。

刚开始时,襄阳市的"三下乡"活动,主要是利用逢年过节的时间,组织大规模、粗放型的"三送"行动,产生了立竿见影的轰动效应。

可是,时间一长,农民群众对这种方式的"三送"活动就有了新的要求。

群众感到,这种"雨过地皮湿"的"三下乡"只能救燃眉之急,解一时之渴,满足不了日益增长的文化、科技、卫生需求。

显然,"三下乡"必须常下乡,而不能图一时热闹。于是,"三下乡"有关部门主动顺应群众要求,增加了下乡次数,扩大了下乡范围。

但是,随着"三下乡"活动的连年进行,许多隐性问题又日渐暴露出来。

针对实践中出现的问题,一些"三下乡"部门和单位有过困惑与迷惘,但更多的是积极地研究和探索解决问题的办法。

通过实践,有关部门认识到,"三下乡"不能单是节日的慰问或临时的应急,也不只是城市对农村单向的赠送与给予,其目的在于在农村建起永久的阵地,增强农民吸纳、消化"三下乡"成果的能力,改变农村文化、科技、卫生落后的状况。

多年来,襄阳市对"三下乡"活动进行了有益的尝试,及时主动地调整了策略,采取"送"与"建"相结合的办法。着重推广实施了阵地建在农民身边、队伍跟在农民身边、活动开展在农民身边的"三边"工程,"文化科技屋"建设等活动,让"三下乡"在基层扎根,为农民就近接受教育、参与活动、学习知识、获得卫生保健,提供了极大方便。

从1998年起,市委、市政府决定,每年为送戏下乡补贴资金 30 万元。同时，组成了由市委宣传部牵头的、有 11 个部门参加的"联合舰队"。

"联合舰队"除了继续开展经常性的"三送"以外，还先后帮助乡村新建和扩建文化站、室 56 个，广播电视站和有线电视系统 23 个，图书室和图书销售网点 117 个，建立了文艺家挂职锻炼制度和两个生活体验基地。培训辅导了 200 多名民间文艺骨干，组织动员民间艺人和群众一万余人次，参加了两届民间文艺大展演及春节文化活动。

襄阳市还创造性地依托基层农户，建立了 2000 多个"文化科技屋""文化中心户"。

在党委政府予以政策扶持的同时，市直各部门采取"对口援建、结对帮扶"的办法，在人、财、物等方面，给予"文化科技屋"力所能及的支持。

从市到县，各级文化、科技、新闻部门，都及时向经营户传递最新文化科技信息、物流信息，提供文化科技书刊、资料、影碟等。

新华书店与经营户签订合理的经营协议，设立了"新华驿站"连锁店，实行图书代销，利益分成。

涉农部门还经常委派专业技术人员到"文化科技屋"，为群众开展农业科技培训，面对面地解答农民群众的问题，有效地增强了"文化科技屋"的吸引力。

"文化科技屋""文化中心户"成为"三下乡"活动新的延伸和载体。

此外，还开展科普文明创建活动，利用农科教结合和农广校、农函大等方式培养知识型、创业型农民。

各类民间科协应运而生，在"三下乡"工作队和有关部门的指导下，各县、市先后组织成立了花生、蜜桃、西瓜、草菇、茶叶、沙梨、无公害蔬菜等650多个农民专业技术协会，有力地推进了农业科技化和产业化，成了农民致富理财的贴心人和"当家人"。

同时，有关部门还援助乡村兴建和扩建卫生院、室30多个。其中5个卫生院达到一级乙等至二级甲等医院标准，组织330多名医护人员参加了培训和进修，并为他们评聘了初中级技术职称。

在此基础上，长期陷入困境的合作医疗事业得到迅速恢复与发展，短短一年多就有60多个乡镇1000多个村实行了层次不同、形式多样的合作医疗，为农村留下了"永久牌"的医疗队。

为了保证"建"的效果，各部门各单位坚持把充分发挥阵地设施作用，提高人员素质、管理水平等作为重点，大张旗鼓地定期帮助、组织和指导当地开展形式多样的群众文化活动、读书活动、科技赶集活动、卫生知识宣传教育活动等。引导当地干部群众增强开放意识、市场意识、竞争意识、文明意识，不断拓宽思路，开辟致富门路，提高生活质量，从而大大激发和调动了广大农民的参与热情与进取积极性。

"三下乡"的开展，使农村社会风气明显好转，读书学艺的多了，求神卜卦、抹牌赌博的少了；见义勇为的多了，小偷小摸、寻衅滋事的少了；上项目干事业的多了，游手好闲的少了。

基层干部群众高兴地说：

> 这样的"三下乡"，为农村建立了"不走的工作队"，把"三下乡"变成了"三扎根"，真正是为人民办实事、办好事。

群众总结出来的"三扎根"，不仅形象贴切，而且传达出一个令人振奋的信息：同样是"送"，"三扎根"比"三下乡"更具可操作性，更富有成效，也更受群众欢迎。

沾益区打造"三下乡"品牌

自 1997 年以来，云南省沾益区把提高广大农民的思想道德素质、科学文化素质、改善农村的医疗卫生条件作为加强"三农"工作的核心内容来抓，使文化、科技、卫生"三下乡"活动成为干部经常受教育、农民长期得实惠的民心工程。

沾益区在"三下乡"活动实践中，积极发动全县各级各部门及社会各界力量，共同开展"三下乡"活动，在全县形成了各方面协调行动、各种手段综合应用、齐抓共管的格局。

沾益区领导十分重视"三下乡"活动，每年的"三下乡"集中示范活动，都由县委宣传部牵头，与文化、科技、卫生等部门拟订方案，并报经县委常委会讨论通过后才开展。

同时重视活动经费保障。"三下乡"集中示范活动经费列入县财政预算，确保"三下乡"活动正常进行。

与此同时，还挂钩联系单位轮流参加。每年确定一个乡镇的一个老少边贫的村委会作为"三下乡"集中示范活动点，并把挂钩联系开展示范活动乡镇的县直单位和宣传、文化、科技、卫生、计生、司法、公安等部门，列入参加活动单位。

沾益区还积极协调，动员社会力量参与。在2001年，沾益区的9家金融部门捐资4.5万元帮助播乐乡，在全县建起了首家乡级农业科技示范园。

在2002年，沾益区邀请了中国科协组织的"科普大篷车"，"科普下乡万里行"服务队，参加菱角黎山村委会开展的"三下乡"集中示范活动。

同时，组织沾益新华书店、曲靖交通集团沾益客运公司，向贫困中小学生赠送了助学金及1000余册图书，向磨嘎村的50户贫困户赠送了棉被。

参加活动的单位领导都认为，参加"三下乡"活动，做点力所能及的好事实事，有利于提高本单位的知名度，树立本单位的良好形象。

把"三下乡"与农业经济结构的战略性调整结合起来，用文艺的形式，向群众宣传沾益区以"两片叶子两朵花"为主的经济结构调整所取得的巨大成就。

同时，组织各种形式的除虫菊、万寿菊科学种植知识培训，把推动经济发展作为"三下乡"活动的重要内容来抓。

把"三下乡"与"三个代表"重要思想的学习教育活动结合起来，在全县开展了以"进百家门、访百家人、做百家事"为主要内容的"三百"活动。

全县广大干部群众转变作风，下乡进村入户，为群众办好事实事1000余件。

把"三下乡"与贯彻落实《公民道德建设实施纲

要》结合起来，反映"纲要"精神的文艺演出，体现20字道德建设基本规范的精彩演讲，突出农村精神文明及农业科技教育的电影放映，收到了良好的宣传教育效果。

把"三下乡"与党的十六大精神宣传结合起来，精心编排了反映党的十六大精神的小品进行演出，印制了反映党的十六大精神的年历画分发到千家万户，在慰问演出中开展党的十六大精神有奖问答，组织老书协会为农村群众书写反映党的十六大精神的春联，成为"三下乡"服务点上的抢手货。

通过多年的探索实践，沾益区已基本形成了一套常下乡、常在乡的有效机制。

首先是定期送与经常下相结合，形成"三下乡"常下乡的机制。宣传、文化、科技、卫生部门组织的"农村宣教团""春节慰问团""科技培训团""医疗小分队"围绕县委、人民政府中心工作，全年下乡驻村，开展经常性的下乡活动，形成了集中活动与经常活动互补，"集中示范"与"对口帮扶"支农的格局。

其次是帮助建与引导用相结合，构建了长期受益机制。多年来，帮助建设"万村书库"图书阅览文化活动室、"千里边疆长廊"文化场馆、卫生所、农业科技示范园等，为全县各乡镇培养了一批批永不走的"三下乡"队伍。

播乐乡在2001年"三下乡"建立的农业科技示范园，已成功培育出"半夏"等数十项科技品种，其中培育的合作 88 号洋芋在全乡大面积推广，喜获丰收。

受益"万村书库"图书的大坡乡的陈小春，经营起了大坡综合林场，搞起了无公害特禽养殖，收到了很好的经济效益。

沾益区不断拓展"三下乡"的领域，创新"三下乡"的形式，把"三下乡"工作往深里做，往实里做，推进了"三下乡"活动在更宽领域、更宽层次深入开展。

沾益区在播乐乡成功试点基础上，在全县 10 个乡镇，建立了 10 个"为民服务站"，架起了 10 道密切党群干群关系的"连心桥"。

司法部门在司法下乡的基础上，创建了"乡村110"，在全县构建了打防管控安全防范体系。

沾益区每年都组织县直有关单位征订《人民日报》《云南日报》《曲靖日报》等党报，赠送给全县的边贫少地区的中小学及一师一校校点，把文化送给那些最需要的人。

同时，还举办"科普活动周"活动，进行科普巡回展览、放映科普电影、发放科技知识资料等，提高了广大农民群众学科技、用科技的能力。

"三下乡"的广泛开展，已经成为群众性精神文明创建活动的一个"品牌"。

乐亭县推动乡村文化事业发展

唐山市乐亭县在深入开展文化科技卫生"三下乡"活动中，始终坚持以"文化下乡"为先导，坚持"送""建"结合，城乡互动发展，用"文化下乡"激活"乡下文化"，不断丰富广大农民群众的精神文化生活，推进农村文化的繁荣发展。

乐亭县有关部门下派专业干部，让文化扎根农村。该县以农村大集、村民文化中心、图书室等为载体，不断向农民群众送理论、送文艺、送图书、送电影、送法律，文化生活更加丰富多彩，综合素质得到有效提高。

同时，组织文化工作者，深入农村调研服务，深入挖掘乡土文化资源，激发农村文化的自身活力，引导农民自主编创反映农村生活的文艺节目，指导帮扶各乡村组建基层文艺团队，激活农村文化建设的内源性动力，为农村培养"永久性"文艺人才，实现由"送文化"到"种文化"的转变。

同时，注重城乡文化互动，让文化丰富农村。该县坚持城乡统筹发展，不断完善县、乡、村、户四级文化服务网络，广泛开展群众性文化活动，充分发挥民间文艺团体下乡巡回演出的作用，有效带动"乡下文化"的发展。

该县连心桥、同欣乐园、夕阳红、康乐年华等城区文艺团体，在"文化下乡"活动中，积极引导汤家河镇"史家文化大院"、汀流河镇农民书画协会、中堡镇农民秧歌协会、姜各庄镇黄湾村"碧海乡音"艺术团等农村业余文艺队的健康发展，全县形成了上下互补、城乡互动的双向模式，使农村文化活动真正成为农民自己的活动。

此外，还不断加大投入，让文化繁荣农村。该县注重用先进文化占领农村阵地，着眼于推进生产发展、乡风文明，不断加大农村公共文化服务体系建设的投入。

乐亭县的14个镇乡全部建起文化站，其中有8个被省市确定为"文化示范乡镇"，全县村级文化活动场（室）建成率达100%，培育发展了胡坨镇南寨村刘佳文皮影雕刻、闫各庄镇大尖坨村张建中猛虎绘画等不同类型的农村文化示范典型户千余个。

这不仅丰富了群众业余文化生活，而且也促进了农村文化的繁荣发展。

乳山市大力推进"三下乡"活动

1997年,山东省乳山市委宣传部与有关部门联合下发了《关于开展文化、科技、卫生"三下乡"活动的意见》和《乳山市1997年"三下乡"活动工作任务》两个文件,并组织文化局、新华书店、科委、科协、卫生局等有关部门积极落实,使"三下乡"活动得以广泛、深入、持久地开展。

1997年至1998年两年间,乳山市农村新建图书室和农村文化大院各200多个,新增图书20万册,送戏下乡380多场,电影3200多场。

全市组织各类"三下乡"大集3000多场,举办各类培训班5400多期,培训农民64万人次,免费为群众义诊3.3万人次,受到群众的热烈欢迎。

在1997年,市委宣传部下发了《关于在全市开展全民读书活动的意见》,提出了在5年内读百部书的规划和目标,并根据党员干部、企业职工、农民群众、青少年等不同层次,确定了不同的读书内容和书目。

配合全民读书活动,落实了组织领导、书籍供应、检查考核以及评优等各项制度。

先后组织开展了"全民读书、多读书、读好书"有奖征文活动和市民文明常识读书知识竞赛、纪念改革开放 20 年演讲比赛等活动。

同时，还开展了评选优秀图书馆（室）和十大藏书家等活动，推动了全民读书活动的深入开展。

早在 1996 年，乳山市委就下发了《关于在全市城乡集中开展社会主义教育活动的意见》，重点突出了十四届六中全会精神在农村的宣传教育，全市选派了 1000 名市、镇机关干部组成社教工作队，进村入户，进行广泛的宣讲。

通过社教，强化了农村基层班子的建设，帮助农村理清了发展思路，全市各村共确立新的经济发展项目 241 个，开发山区 467 公顷。

此外，还强化了农村精神文明建设，全市各村共修文明街，共建阅报栏。

在 1997 年，乳山市委下发了《关于在全市开展党的十五大精神集中教育活动的意见》，24 名市级领导成员带头包镇，带头写宣讲稿，与 300 多名经过系统培训的市直部门干部一起，组成巡回宣讲团，到农村宣讲，并推出专业村、专业户典型 24 个。

这次社教集中解决了三个方面的问题：

> 一是以政务财务公开为突破口，加强了农村民主政治建设，400 多个村建立了政务财务公开栏，601 个村全部成立了妇女禁赌会、红白理事会和村民议事会等群众自治组织。

二是以实施农业产业化、壮大集体经济、农村城市化为突破口，加快富民工程和农村企业化管理进程。

全市农村新上以高效农业为主的经济项目280个，开发山区933公顷。

三是以解决农民群众普遍关心的热点、难点和焦点问题为突破口，密切党群关系，社教期间共走访群众1.6万户，整修街道10万多米，修田间路82条，疏河48条，修平塘54个，党群关系进一步加强。

1998年，市委下发了《关于在全市开展党的十五届三中全会精神集中教育活动的意见》，确定教育重点仍以农村为主，教育的方式方法以面对面宣讲、媒体宣讲、巡回宣讲和载体活动宣讲为主。

市、镇千名机关干部自带行李、自起锅灶，进村入户宣讲，理论与实践相结合，取得了显著效果。

通过宣讲教育集中解决5个方面的问题：

一是加快发展教育，解决农业可持续发展问题，全市确立了抓开发、上规模，抓科技、上档次，抓市场、上效益的农业发展思路。

二是进行党的农村基本政策教育，解决部分农村干部政策水平不高、部分群众了解政策不够的问题，土地承包、减轻农民负担和按保护价收购余粮等有关农村政策得到进一步落实。

三是进行民主法制教育，解决部分农村民主政治建设不健全、法制观念淡薄的问题。全市农村全部推行了政务财务公开和村账双管制度，全部建起了安全文明责任区，80%的村建起了普法宣传一条街。

四是进行思想道德教育，解决部分干部群众思想道德素质不高的问题，全市农村遵纪守法户、五好家庭户、文明户当选率达85%以上，涌现出星级文明户两万多个。

五是进行宗旨观念教育，解决部分干部对人民群众感情弱化的问题。

在乳山市委宣传部与有关部门的大力推动下，"三下乡"活动蓬蓬勃勃地开展起来。

甘肃不断创新"三下乡"

"三下乡"活动，抓住了农村文化发展的薄弱环节，深入了解农民的所思所想，对农业产业结构调整、提高农民收入、解决农民生产生活困难、改进生活方式，起到了不可低估的作用。

科技人员深入到田间地头，"大篷车"满载着歌声奔驰在乡间小路上，医护人员来到穷乡僻壤，律师上门排忧解难……

从1996年开始，甘肃省"三下乡"活动从未间断过。

曾多次参加"三下乡"活动的甘肃省文化厅负责人在评价"三下乡"活动时，禁不住感慨地说：

> 现在"三下乡"已经变成了"常下乡"，随着农村经济社会的发展，我们相信今后"三下乡"的路子将会越走越宽，活动会越办越好。

从2000年开始，省委宣传部在认真做好"三下乡"活动组织、协调工作的同时，开展了"送党报党刊进万家"文化智力扶贫活动，组建了"情系陇原艺术团"，先后赴全省各地农村演出70多场。

广播电影电视部门，结合"村村通工程"及农村电影"2131工程""西新工程"的实施，为广大农民群众送去了丰富的精神食粮。

共青团组织实施了"教师·学生·贫困计生户"农业科技扶贫社会实践项目，妇联组织实施了"女性素质工程""母亲水窖""母亲安全"项目，促进了农村青年、妇女文化科技素质的提高和生活质量的改善。

"三下乡"活动，不仅得到了国内组织的支持，而且得到了国际友人的支持。

2000年8月，28岁的马来西亚姑娘何佩彬，不远千里，来到中国西部的甘肃省榆中县支教，在当地传为佳话。

何佩彬说，她从甘肃"三下乡"活动中了解到，甘肃贫困地区的教育还处于落后状态，便与共青团中央联系，要求到甘肃支教。

"三下乡"活动开展以来，各省市无论是在内容上，还是在形式上，都在不断创新，不断地为农民办好事、办实事。

拉萨市扎实开展"三下乡"

1996年底,在中宣部、国家科委等部门发出《关于开展文化、科技、卫生"三下乡"活动的通知》之后,拉萨市委、市政府就把"三下乡"工作列为全市"十五"时期精神文明建设的重点工程,在市、县、区成立了以主管书记为组长、各有关部门参加的领导机构和工作机构。

同时,明确了部门议事、联系会议和领导参加活动等一系列制度,完善下乡政策,健全下乡机制,促进工作经常化、制度化。

各级党委宣传部,每年都制订"三下乡"活动实施方案,对各成员单位的"三下乡"工作实行了量化管理、目标考核,促进了"三下乡"活动向规范化的方向发展。

各级有关部门通过开展建立联系点、"结对子"等活动,进一步完善了对口帮扶机制。

市直各相关部门都相继制订了系统的对口帮扶计划,定期组织人员到对口联系点开展工作,与基层建立长期的帮扶关系,有力地带动了全市广大农牧区经济的发展。

自1997年以来,全市协调各方面力量,构建了点面结合、辐射全市的"三下乡"基层队伍培训网络,共培训农牧区文化骨干近2000余人、农技人员6000余人、医务人员3000余人，为农牧区培养了一支不走的"三下乡"队伍。

拉萨市每年都拨专款，作为"三下乡"活动经费，各部门也不断加大资金扶持力度，还通过市场运作积极吸纳社会资金，逐步形成了政府投入为主、部门支持为辅、社会筹资为补充的多元投入机制，有力地保证了"三下乡"工作的顺利开展。

拉萨市委、市政府对开展好"三下乡"活动高度重视。每年对"三下乡"活动作出具体安排部署，要求努力做到"三下乡"常下乡，并与其他群众性精神文明创建活动结合起来，纳入"讲文明、树新风"活动之中。

同时，成立了以市委书记为组长，市委、市人大、市政府、市政协主要领导为副组长，市直相关部门党政主要领导为成员的精神文明建设领导小组，切实加强了对"三下乡"工作的组织领导。

市委宣传部作为全市"三下乡"活动的组织指导协调机构，每年，根据市委的要求，对全市"三下乡"活动提出具体的安排意见，积极协调并督促各相关部门落实各项任务，做到了人员、内容、部署、督查四落实。

拉萨市"三下乡"活动，始终坚持"重实际，求实效"的原则，为农牧民群众办了大量的好事、实事，深受群众欢迎。

从1995年开始，拉萨市科技局在堆龙德庆区德庆乡开展科普宣传、实用技术推广，建设了青稞、小麦千亩千斤栽培技术示范田，开展植树造林、奶牛养殖、黄牛改良等扶贫项目，使该乡农牧民群众思想观念有了很大的转变，致富技能有了进一步的提高。

农牧民的人均纯收入，由1995年的300多元，提高到2004年的2200多元。适龄儿童入学率由原来的68%，提高到了98%以上。

在全市农牧区，基本做到了"小病不出村，大病基本不出县"。

在科技扎根上，通过多渠道、多层次、多形式的培训活动，累计培训农牧民21万人次。

同时，建立健全了农牧区科普网络，培育科技示范乡村50多个、示范户1300多户，建起了各类经济服务组织20多个。

实行科技人员下乡制度，跟踪重点扶持县、区的科技项目，保证农牧民群众能够真正受益。

自2001年以来，拉萨市科技局积极争取资金，为7个县的边远农牧区群众、乡机关和学校安装了3000多套太阳能设备，科技人员送货上门，在现场举办太阳能光电灯的使用和保养技术培训，使广大农牧户不仅拥有了光明，而且掌握了一门技术。

在堆龙德庆区乃琼镇蔬菜花卉农民技术协会的大力支持下，建立了拉萨市蔬菜、花卉栽培技术科普教育基地，向农牧民们传授栽培技术知识，培训他们的实际操作能力。

有些学员在结业之后，自己承租温室，种植蔬菜，增收致富。

受益的农牧民群众无不交口称赞：

"三下乡"要啥送啥，把准了咱们的脉。像及时雨，送到了咱心坎上。

农业部举办科技下乡活动

2003年11月22日,"2003农业部科技下乡活动"正式启动。全国有数千名专家参加了这次活动,赶"科技大集"的农民超过100万人。

11月22日,在农业部的统一部署下,全国各地都在开展大型科技下乡活动。其中,安徽省金寨县是本次"科技大集"的主会场,其他30个省、自治区、直辖市,作为活动的分会场进行联动。

在金寨县,专家咨询台成为农民"包围"的重点,咨询的、索要各种农业信息资料的农民一齐拥上,专家被团团围住。中国农学会科普部主任王金辉感慨地说:"没想到农民对科技知识这么渴望,这不,带来的好几百份资料,一转眼就发完了。就这,还有许多人没有领到。"

农业部科教司负责人说,为把活动组织得扎扎实实,各地专家的选择,都考虑到了当地种植业、养殖业的特点。

如金寨县地处大别山腹地,属高寒山区县,比较适宜种植中药材、食用菌等。农业部就专门从中国农科院、中国水利水电科学研究院、中国农业大学等单位,请来食用菌、中药材、种草养畜和淡水养殖等方面的150多位技术专家，进行现场咨询。

除专家现场咨询外，在"科技大集"上，还以广大农民喜闻乐见的形式，适时穿插了农业科技知识竞答和以农业实用技术为内容的黄梅戏对唱，以进一步普及农业科技文化知识。

同时，农业部还向金寨县赠送了电影放映机、科技电影拷贝、计算机、投影仪、VCD光盘、种子、板栗剥壳机和农业科技图书等价值60多万元的物品。

先期到达金寨县的专家们，还组成了网箱养鱼、沼气综合利用两个专家小分队，分赴养殖场和农户家中，现场进行技术指导。

同时，针对当地农业生产的实际需要，专家们举办了高山蔬菜、蚕桑和种草养畜3个生产技术培训班，对当地农技人员、科技示范户及种植大户进行了广泛的培训。

赶"科技大集"，让人们发家致富的梦想逐渐变为现实。

各地大力开展"三下乡"活动

多年来,"三下乡"活动的内容在不断地充实,社会参与面不断扩大,为农民群众办了大量的好事实事,已经成为精神文明建设为"三农"服务的一个最大的品牌。

2004年5月16日,是天津师范大学国际女子学院的近百名党员师生的入党日。

这一天,师生们来到了蓟州区下仓镇东太河中心小学,给小学生们送去电脑和文体用品,还用3000多元党费,建立了第一笔"国女助学基金",用于资助那些学习勤奋的女学生。

参加这个活动的师大学生都兴奋地说:"学生党员利用自己的专业特点,有针对性地帮助农村孩子们,入党日过得有意义。"

与大中专学生志愿者加入"三下乡"的行列中一样,越来越多力量的加入,让"三下乡"活动的内涵日益丰富。

福建省调动各方面的力量,让"三下乡"季季有主题,月月有活动。

各地除了开展农业科技咨询、政策法规宣传、赠送书籍、开展丰富多彩的文艺演出、送医送药下乡外,还紧密联系农村当前形势,切实把"三下乡"与宣传党的十六大精神，贯彻"三个代表"重要思想结合起来，与农村经济结构的战略调整结合起来。

河北省的不少地方，在每次"三下乡"活动开展之前，都组织各部门与基层取得联系，让农民"点菜"。

有关部门根据农民的要求，组织"三下乡"专家服务团深入农村宣讲政策、辅导科技，受到群众的欢迎。

一位基层干部在听完辅导报告后说：

专家的辅导，讲的是我们县里的事，举的是我们身边的例子。

我们听着亲切，理解得深刻。这样的下乡形式真是太好了。

青海省互助土族自治县大菜沟子村在2004年初，举办了首届农民文化艺术节，节间展出由农民自己创作的刺绣等作品，还评出优秀作品9件，表彰了9名"巧妇"。

这项有着浓郁地方特色的活动，吸引了十里八村的2000多名群众参加。

重庆市把"三下乡"的重点放在进城务工农民这一特殊群体上，对农民工加强就业指导与培训，提供法律援助、劳动安全、子女教育、计划生育、文化娱乐等方面服务。

通过进城务工农民这条纽带，把党和政府的温暖带回家。

司法、商业、卫生、农业、文化等系统，分别组织开展了法律援助、年货、医疗卫生、农业科技、文化艺术进工地等"五进工地"活动，让 10 多万农民工直接受益，覆盖全市 40 个区县和 80% 以上的乡镇。

2004 年初，有关部门在做好图书下乡、电影下乡、法律下乡、婚育新风进万家、亿万农民健康促进行动、大中专学生志愿者"三下乡"等活动的同时，还组织开展了多种多样的文艺剧团下乡、农业科技下乡、专家医生下乡、科技大王进农家、乡村青年文化节、民营企业下乡等一系列活动。这些活动因为各具特点而产生了积极的影响。

除此之外，各地还结合当地的实际，推出了具有地方特色的各种丰富多彩的活动，让老百姓喜闻乐见，踊跃参加。

在广东省丰顺县，地下六合彩赌博一度泛滥。为配合公安机关的打击行动，当地的"三下乡"活动中，就专门排演了一台"造一方净土，育社会新风"的专题文艺节目，随后到全县农村进行巡演，收到良好的教育效果。

江苏省在活动方式上，突出重点项目，开展的新年"三下乡"服务慰问集中行动、大学生暑期"三下乡"活动，以及南京农大组织的"科技大篷车"和"百名教授兴百村"活动，社会影响面大，辐射范围广，已成为

"三下乡"中的品牌项目。

北京市科协,组织病虫害专家郑建秋、植物病毒专家裘季燕、农业专家袁士畴等10多位专家,常年奔波在各区、县乡村,从选种、育种、栽培、田间管理等多方面给予支持,为农民热情服务,成为了一所流动的农业大学。

留下一支不走的文化、科技、卫生队伍,是农村百姓的普遍愿望。

为了让"三下乡"真正成为常下乡、下长乡的惠民活动,江苏淮安市结合当地实际,制定了"定点定期科技读物展销和咨询服务制度""文艺团体下乡演出全年定量考核制度""文艺骨干演出下基层服务制度"等工作制度55条。

这些制度有效地激励了社会团体、企事业单位、专家和各类技术人员,关注农村、关心农民、支持农业,为农村的改革发展和农民致富出力献策。

河北的"宣传文化示范村建设",已投资几百万元,在太行山革命老区等贫困地区,建成了67个示范村,配置了图书、光盘以及电脑、大鼓等30多个品种的文体活动器材,留下了一个不走的科技文化馆。

"三下乡"是全党全社会支援农村的重要举措,是一项长期的任务。

经过多年实践,各地各部门逐渐认识到,只有把集中活动与经常性工作结合起来,把行政动员与机制建设结合起来，促进工作经常化制度化，"三下乡"才能成为常下乡，文化、科技、卫生工作者才能更加自觉自愿地多下乡。

大连市人口计生委，与西岗区人口计生局、庄河市人口计生局，联合在庄河市栗子房镇举办了计划生育"三下乡"活动。

在这次"三下乡"活动中，市人口计生委捐赠了100份《中国人口报》、30万份计划生育宣传品、500个药具柜等价值35万元的物品。

西岗区人口计生局，向庄河市捐赠了4台电脑、2台彩电、7台VCD播放机等价值3万多元的物品。

在活动现场，市、区两级计生干部向农民群众提供了政策法规宣传和生殖健康知识咨询服务，免费发放了近万只避孕药具，现场为农民群众进行了生殖健康检查。

市计生协组织了有趣的有奖猜谜活动，很多农民踊跃参加。

市人口计生委通过开展"三下乡"活动，传播了科学文明的婚育观念，为农民送去了健康，送去了温暖，深受农民群众的欢迎。

通过为农民提供丰富多彩的活动，以及计划生育优质服务，进一步密切了党和人民群众的关系。

辽宁省把"三下乡"活动纳入了城乡共建活动的大格局中，广泛开展了"城乡结对、共建文明"的活动。

北京市文化局抓住"文化下乡演出系统工程"，投入专项资金抓创作，和各区县文化局、剧院团、演出公司、专业和业余编创人员，结成联动整体，把到边远及贫困村慰问与开发农村演出市场相结合，把文化下乡与推动农村题材作品创作相结合，把下乡演出与开展普及辅导相结合，使文化下乡成为主动下乡、自觉下乡的行动。

"三下乡"已成为促进解决"三农"问题的有力措施，是保持党和农民群众血肉联系的重要纽带，是增强党的执政能力、巩固党的执政基础的实际举措。

二、参与活动

- 陈家洼小学的校长说:"更重要的是大学生们经常往来,改变了学生家长的观念。"

- 一位看演出的老伯说:"我们偏远山区头一回看到从中央来的演出,心里别提有多激动了。"

- 侯保德感激地说:"科学养殖就像一层窗户纸,专家不点,我们硬是看不透!"

天津师大积极参与"三下乡"活动

1997年,天津师范大学形成了以校邓小平理论研究会为依托的学习邓小平理论的网络,并加大投入,创办邓小平理论研究会会刊《旗帜》,参加了市教委组织的理论论坛,召开了该校首次学生学习邓小平理论表彰大会。

天津师范大学开展了丰富的社会实践活动,其中最为突出的就是"三下乡"活动。

学校派出10余支志愿服务队,其中赴四川涪陵和天津蓟州区下仓的两支小分队,受到了共青团天津市委表彰。

截至1997年,天津师范大学连续5次被团中央、国家教委、全国学联命名为"全国大中学生社会实践先进单位"。

1998年,该校"德育一体化"成绩斐然。为了及时了解学生思想状况,有针对性地进行思想教育,学生处组成了信息调研队伍,定期对信息进行收集和整理,为校德育工作协调小组提供决策依据。

利用问卷、座谈会、个别谈话等形式,了解学生关心的热点、难点问题。

同时,与各院系及有关部门配合,及时发现并处理好各种突发事件,确保学校教学秩序与生活秩序的稳定。

天津师范大学"德育一体化"成为教育部"九五"重点立项课题。学生工作部门进行了课题分析,开展了调查研究和理论探讨,出版《德育一体化运行机制》论文集。

天津师范大学的"三下乡"活动成绩很明显。除有关院系组织小分队外,还参加了全市统一的赴甘肃贫困地区"三下乡"服务队。

在这期间,考察了甘肃两县七乡中小学教育情况和经济状况,圆满完成了学校师生捐建希望小学的选址任务。

同时,还举办科技、文化、卫生讲座6场,直接受益者达500余人。

由于成效显著,学校的"三下乡"小分队均受到市级表彰。

2000年,经过"八五"后期和"九五"期间的实践与升华,天津师大"德育一体化"机制步入了成熟阶段。

在2000年暑假期间,学校组织了4支"三下乡"示范队,其中赴甘肃"三下乡"小分队表现尤为突出。他们的活动足迹遍布陇中两市7县,行程达一万公里。

在石泉乡冒雨进行的文艺演出中,台上台下情景交融,呈现出心连心的动人场面。

早在1999年7月22日,《中国青年报》在头版头条,以"津门学子定西情"为题,同年8月13日和14日,天津电视台《新闻视线》以"津门学子陇上行"为题，报道了该校这次赴甘肃"三下乡"的情况。

许多学生在这次"三下乡"活动中深受教育，心灵受到震动，写了大量心得体会，《天津青年报》《天津教育报》等分别进行了报道。

在2000年暑期，天津师大"三下乡"活动再掀高潮，组织了赴甘肃"三下乡"博士团。博士生、硕士生、本科生共24人组成的"三下乡"服务队，在甘肃定西市开展活动，并为贫困地区带去了重达2吨的教学仪器、生活用品、图书及学生捐赠款6000余元。

与此同时，由各院、系、部组织的10多支"三下乡"小分队，分赴蓟州区、河北省等地区，同样取得了显著成绩。

由于该校"三下乡"工作布置得力，活动内容充实，实效显著，在2000年，天津师大第八次被团中央、教育部授予"全国大中专学生暑期社会实践先进单位"称号。

西北民族学院支援定西

甘肃省定西是全国有名的干旱地区，大部分农民生活艰苦。

西北民族学院的学生，从1998年开始，就在校团委的组织下，到该地区的陈家洼小学支教，为贫困学生募捐，带孩子们到省会兰州参观，使"三下乡"落到了实处，为乡村的孩子办了一件好事。

"三下乡"活动的开展，使该小学受到了各界的重视。

陈家洼小学的校长说："在这4年里，学校校舍翻新，基础设施改善，教育质量提高，任课教师中不少是大专毕业生。

"更重要的是大学生们经常往来，改变了学生家长的观念。我们小学的学生，从1997年的123人，增长到现在的230人。

"'三下乡'活动的开展，使当地的女童入学率达到了99.5%。"

各学校组织的志愿者活动，很好地锻炼了学生。有的学生与当地农民同吃同住，有的学生为了深入农户，要走近两个小时的山路。

西北民族学院经济管理学院的一位女生表示，经过几天的乡间生活劳动，她体会到了农民的辛苦，也了解到基层人民生活的艰辛。

这使她们更加珍惜现在的学习机会，对以后克服学习工作中的困难有很大帮助。

对于大学生的"三下乡"活动，当地政府和农民更是赞不绝口。

甘肃定西市的一位村干部说，这些大学生下乡，自己安排吃住，没有给当地带来任何麻烦，而且带来了农民最需要的农业知识和文化知识，提高了适龄儿童的入学率。

同时，大学生的到来，潜移默化地影响着村民们的观念，让他们看到了懂文化、有知识的好处。

宁夏彭阳镇红河乡的一位姓王的农民，得到一本大学生带来的《马铃薯栽培技术》。

这位农民禁不住高兴地说："要提高产量，提高农民生活状况，还是要靠科学技术，学习知识技术有用，我们一定要让孩子上学！"

大学生的"三下乡"活动的开展，为定西人民带来了过上好生活的希望。

鸡西科协推动老区经济发展

黑龙江省鸡西市科协结合本部门的工作实际，发挥科技团体优势，组织广大科技工作者为振兴鸡西老区经济服务，卓有成效地开展了普及科学知识、技术培训、服务、咨询、交流、科技成果转化、引进推广新技术等项活动，为推动老区经济发展作出了一定贡献。

市科协以每年一届的"科普之冬"活动为载体，大力开展科技下乡活动，极大地激发了老区人民学科技、用科技、依靠科技致富的热情。

为了送科技到田间地头、生产一线，他们动员和组织了一批专家、学者，走出科研场所和课堂，深入到村屯农户，广泛开展种养技术讲座，现场答疑指导，面对面地讲，手把手地教。

为了指导农民尽快走上致富路，市科协每年为农村人民送各种养殖技术系列丛书。

市科协先后多次送去了《粮食作物栽培新技术》《农副产品新技术》《养禽新技术》《蔬菜高产新技术》《绿色食品加工技术》《食用菌养殖技术》《季节性双三饲养法》《肉猪饲养新技术》《绒山羊饲养技术》《养畜新技术》等10种计3万余册书籍。

这些小册子在一定程度上解决了广大农区人民"想

致富无技术、学技术无门路"的问题，深受农区人民的好评，称他们送来了"致富经"，送来了广大科技工作者对农区人民的一片情。

为了使科技下乡活动更具有群众性和影响力，鸡西市各级科协还举办了农区人民喜闻乐见的"科普大集"，通过专家现场咨询服务、答疑解难，解决农民在致富路上的疑难技术问题。

通过散发小册子、宣传单，传播推广新技术、新良种、新农药、新的致富信息。

为解决农区人民实用技术短缺的问题，市科协想农区人民所想，与市农委联合组织了市种子学会、农业学会、畜牧学会、水产学会、烟草协会、水利学会、气象学会、食用菌学会等市级专业学会，以及一大批专家，以服务于该市区域农业生产为目的，撰写、编辑出版了实用性和可靠性极强的《穆棱河流域农业实用技术》及《穆棱河流域农业实用技术（续集）》计28万字共4万册。

市科委与农委、科协等部门联合编辑出版了《鸡西特色农业经济100例》，气象学会编辑出版了《鸡西市气象服务手册》。

这些书籍和资料，均无偿发放给农区人民，为提高农区人民的科学技术水平，加速农区人民科技致富起到了积极的推动作用，深受农区广大人民的欢迎。

市农业学会还坚持每年召开一次果树学术研讨会，

针对该市果树培育、病虫害防治、新品种更新等实际问题，进行深入研究，及时地指导该市的果树生产，使全市果类品种、品质都得到提高，形成了良好的发展态势。

市农机学会围绕农机具新技术推广，组织专家团深入老区，开展技术培训、技术咨询、技术服务，深入农户和田间地头搞农机具调试。

市畜牧兽医学会，针对该市农村产业结构调整的实际，大力开展了养殖技术的推广普及，先后印发了养牛、养羊、养猪的宣传单和小册子，为农区人民在家畜饲养方面提供服务。

各学会及专家们对农区人民的真诚服务和真情奉献，深受农区人民的好评。

鸡西市城子河区卫生局，为了解决偏远山区农民就医难的问题，积极开展"三下乡"活动，实施送医送药三到位。

首先是组织到位。鸡西市城子河区卫生局，成立了医药卫生下乡领导小组，由局长亲自担任组长，对每次下乡活动都作了周密的安排。

其次是措施到位，准备工作走在前。事先邀请名医、专家、教授，提前落实医疗器械和药品，临行时统一培训，讲清要求和注意事项。

再次就是行动到位。卫生局坚持有计划地组织医疗队到偏远山区送医送药、巡回义诊，解决农区农民看病难的问题。

和平村有一个 12 岁的男孩叫金超,患有听觉 N 障碍,一直没有机会治疗。

后经医疗队的专家确诊和系统治疗,金超恢复了听力,他回到了有声世界,小金超感动得热泪盈眶。

这个局先后组织了 10 个医疗小分队,走遍了 12 个村屯,诊治患者 1000 多人次,捐赠药品价值 5000 多元,受到了偏远山区村民的热烈欢迎。

"三下乡"活动,让受益的群众感激不尽。

贵阳开展文化科技下乡活动

2004年夏，作为2004年贵州省贵阳市科技活动周重头戏之一的科技、文化、卫生"三下乡"活动，在息烽县城隆重举行。

这一天，持续不断的大雨并没有阻挡住群众对科技知识的渴望和400余名省市科技、医务、文艺工作者的服务热情。

在活动现场，无论是在优良种子宣传介绍的展台前，还是在农科实用技术推广的现场，都围满了从各村赶来的村民。

数千名息烽县的父老乡亲，在参加完活动后表示，"三下乡"不仅给他们送来了科学和文化，更让他们看到了关怀和希望。

贵州省自1998年开展"三下乡"活动以来，向农民群众发送科技图书16万余册、音像制品近100套、科普资料100万余份，赠送药品达30万元，为群众义诊、治疗26万余人次，共有近百万农民群众受益。

科技活动周的"三下乡"活动，正是坚持"立党为公、执政为民"的根本要求，是支持农业、服务农村、帮助村民、促进农村经济社会发展的一项重要活动，是一项得人心、暖人心、稳人心的民心工程。

而在贵州省湄潭县兰江村的一个农家小院，这一天像是过年，孩子们兴高采烈地奔走相告："快看北京来的演出呀！"

只见小院里、院子对面的屋顶上、院外的小山坡上都挤满了热情的乡亲。这是中国儿童艺术剧院赴贵州省湄潭县兰江村慰问演出前的一幕场景。

这次"三下乡"活动，以老百姓喜闻乐见的歌舞、小品、快板、相声为主要演出形式，并邀请了中国儿艺众多的优秀表演艺术家参与到活动中，将歌声与笑声带给了革命老区的父老乡亲，带到了农家小院、学校、医院……

著名曲艺表演艺术家梁厚民的快板书《人间真情》、闪增宏的戏剧小品《戒烟》、富立明的独唱《拍手歌》《草原上升起不落的太阳》等节目，赢得了当地百姓的阵阵掌声。

湄潭县核桃坝村一位看演出的老伯说："我们偏远山区头一回看到从中央来的演出，心里别提有多激动了。"

中国儿童艺术剧院为了开展"文化下乡"活动，演员们进行了精心的创作与排练，他们以不辞辛苦的实际行动和精益求精的态度，完成了文化下乡的任务。

山东妇联促进"三下乡"

在"三下乡"活动在全国范围内开展之后，山东省各级妇联就定期组织文化下乡活动。

在每年元旦、春节期间和"三八"节，各级妇联都组织开展以文化下乡为主要内容的"三下乡"活动，深入农村，为妇女群众送技术、送书籍、送信息、送服务。

省妇联连续3年组织开展"三下乡"活动，对口支援德州市部分贫困县，多次组织医疗专家到乡镇、村庄举办妇幼卫生保健专题讲座，免费为妇女群众检查身体和发放药物。

组织农业科技专家走进大棚、养殖场，向群众传授蔬菜种植、畜牧养殖、禽病防治等方面的知识，专场进行技术指导。

省妇联还投资3万元帮助德州市部分贫困村建立了图书室。

文化下乡的最终目的，是引导农村妇女群众学习科技文化知识，丰富业余文化生活，提高生活质量。但仅靠各级妇联定期组织的文化下乡活动，远远满足不了妇女群众的需求。

变文化下乡为文化在乡，使学习科学文化知识、开展文化娱乐活动成为妇女群众的自觉行动，是山东省妇联文化下乡活动的立足点。

妇联充分发挥巾帼文明队的作用,通过活跃在农村的近3万支巾帼文明队,带领农村妇女群众学习科技文化知识,开展文体娱乐活动,传播先进文化,倡导文明新风。

根据妇女群众求知盼富的需求,许多地方的农村成立了以科技致富女能手为主的巾帼科技服务队。

这些队伍通过举办科技培训班、技术讲座、现场指导等,向妇女群众普及科技知识,传授实用技术。

巾帼科技服务队还注意捕捉科技信息,及时推广农业生产新品种、新成果,为妇女群众提供致富信息。

巾帼科技服务队还与贫困户结队帮扶,提供技术、资金、项目、物资等,帮助贫困户脱贫致富。

如莱西市20个村的巾帼科技服务队,先后组织了1000多名妇女学习刺绣技术,并提供发货、管理、销售一条龙服务,仅半年就实现了人均增收800元的目标。

宁津县阳西村巾帼科技服务队,带头调整农业产业结构,种植红提葡萄,且每个队员联系10个种植户,负责技术指导。

巾帼科技服务队被群众称为科技致富的"播种机""及时雨"。

省内各地妇联都把组织巾帼文明队开展文体娱乐活动作为文化下乡的重要方式。

为提高巾帼文明队的整体素质,使文化娱乐活动更好地满足妇女群众需求，各级妇联加强了对巾帼文明队文艺节目编排和体育健身项目的培训。

在2003年和2004年，省妇联与省体育局联合，先后两次对各地的巾帼文明队员进行健身秧歌和健美操的培训。

各市、县、乡都层层进行培训，所有巾帼文明队骨干基本上都接受了培训，妇女健身活动在广大农村妇女中得到普及。

德州、济南等一些市还层层举办以文艺节目创作、编排、表演为主要内容的培训班，并组织文艺演出、比赛等，提高了巾帼文明队文化娱乐的质量和水平。

这些文艺宣传队，根据村庄发生的人和事，自编文艺节目，在群众中演唱，使妇女群众在说说唱唱中愉悦了身心，受到了教育，极大地丰富了妇女群众的业余文化生活。

巾帼文明队已成为科技知识传播、文艺宣传、文化娱乐骨干，是各级妇联开展文化下乡的依靠的一支重要力量。

青岛学联组织学生实践活动

在1997年,青岛市学联以"参与经济长才干,建设青岛作贡献"为主题,开展了"大学生志愿者暑期'三下乡'活动营""百名大学生挂职锻炼营""贫困大学生勤工助学活动营"。

市学联组织大中学生深入农村、工厂、城镇、区街等基层单位,特别是城市社区和农村贫困地区,开展新知识普及、新技能推广、普法宣传、培训农村致富带头人、支教扫盲、医疗服务、文化扶贫、科技成果推广等活动。

青岛市学联共成立服务小队近百支,8000余人参加了活动,举办讲座30多场,建立乡村图书站6个,收到实践报告2000余篇,536名大学生挂职居委会主任助理职务。

驻青岛高校结对培训特困企业下岗职工4000多人,近千名大学生与500名特困职工子女结成了帮扶对子。

在1999年和2000年,青岛市学联组织开展大学生志愿者科技、教育、文化"三进巷""大学生暑期机关挂职锻炼营""我为市长提建议"等活动。

全市有4.5万多名学生组成了400余支志愿者服务队,足迹遍及山东的青岛、临沂、德州、菏泽,以及江苏、江西、甘肃、宁夏、新疆等省和自治区，推广农业科技项目128项。

有246名大学生到居委会挂职担任副主任，或担任社区少先队辅导员；有30多项优秀建议被编辑成学联专刊报送市有关领导。

青岛市大学生暑期社会实践活动，连续多年被评为"山东省大中学生社会实践活动先进单位""全国大中学生社会实践活动先进单位"。

信阳师院组建支教队

为响应校团委积极开展大学生暑期"三下乡"社会实践的号召,增强大学生社会实践能力,积累实践经验,河南省信阳师院物电学院立足学院专业特点,充分发挥师范院校知识技能优势,精选学院优秀学子,组建"爱心学校义务支教实践队",针对当地大批农村留守儿童展开为期一周的支教活动。

学生们为当地基础教育培优补差,为息县杨店乡的孩子们送去知识与关怀。

爱心学校义务支教实践队来到息县杨店乡初级中学,积极展开了对该校基础教育工作的调研,了解到九年义务教育普及的程度、范围及辍学等问题,并对教学中存在的不足提出了可行性建议。

队员和孩子们互相介绍、交流,融洽的气氛拉近了队员与孩子们之间的距离,为日后顺利展开支教活动奠定了良好的基础。

队员们结合自身特长,展开了各种丰富多彩且健康有益的教育活动。

在英语课上,教授英文的队员充分运用现代教育技术,经过细心准备、精心备课,通过游戏的方式和学生们积极互动,不仅深入课本讲解知识,还从课本延伸到生活，以教学的趣味性带动学生的积极性，寓教于乐，极大地调动了课堂气氛。这让乡村里的孩子们对英文产生了良好的印象和浓厚的兴趣。

一次次的回答，一片片热烈的掌声，一张张稚嫩的面庞，一双双对知识充满渴望的眼神，都让每一个支教队员久久无法忘怀……

课余时间，队员们还和学生们展开有趣的小游戏。在娱乐的同时，向学生们介绍了缤纷美好的学生生活，帮助他们了解大学，认识大学，树立远大的理想，提高他们的学习积极性。通过活动的开展，出现了"课上是师生，课后是玩伴"的动人场面。

学生们在欢笑中学到知识，在游戏中掌握技能，从整体上提高了偏远地区孩子的综合素质。

为更好更有效地开展此次支教活动，队员们多次和息县杨店乡中学的授课老师们一起召开研讨会。

根据学生们英语、数学、物理等学科基础较差的情况，爱心教师们因材施教，有针对性地制订具体的教学计划，吸引孩子们主动学习，积极配合，尽最大努力为他们补缺补差。

为了更好地满足学生们的需要，提高教学质量，爱心学校的教师们还精心组织力量，举办了一场关于小学、初中各学科学习方法总结的报告。

物电学院爱心老师叶爽，就同学们如何培养和提高记忆能力，向同学们进行了详细解说。

叶爽说:"要注意对关键信息的记忆延伸,以点带面,串珠式系统记忆,并要掌握遗忘规律,及时回顾加深记忆……"

家长们来到教学点听取讲座,老师们与现场的学生和家长现场互动,家长提出问题,由志愿者当场解答,活动得到了广大家长的一致肯定。

支教活动的志愿者们还根据当地留守儿童现状,准备了大量材料,从心理健康、安全知识等各个方面对留守儿童进行了教育。

一位村民说:"感谢信阳师院大学的学生们来这里给我们的孩子辅导学习,看他们这么用心,真不知道该怎么感谢他们才好!"

实践队员纷纷表示,要在活动中充分展现信阳师院物电学院的良好精神风貌,以饱满的精神圆满完成爱心学校的义务支教任务,用爱心感染学生,用知识提高学生素质,不辜负校、地两方的殷切希望,为社会主义新农村的建设贡献自己的力量。

"三下乡"社会实践活动,在推动乡镇科学、教育事业的发展的同时,也在一定程度上为队员们注入了新的思想。同时,也为大学生在实践中积累经验,提高自身综合素质,充分发挥他们服务社会、服务新农村的积极性提供了广阔的舞台。

进贤县举办科技下乡活动

2005年初春的一天，春风习习，小雨霏霏。

江西省进贤县农机局支农服务队，配合省农业专家，在温圳镇进行送科技下乡活动，为渴望科技兴农的温圳农民朋友及时地送上了一份文化大餐。

农机局支农服务队来到温圳镇金沙大道时，只见这里早已是人声鼎沸，锣鼓喧天，鞭炮齐鸣，彩旗飘扬。

只见彩虹门上悬挂着条幅：

依靠科技进步，提高农业综合生产能力。

送农机科技下乡活动服务台边，更是人头攒动，热闹非凡。

在资料分发点上，农民们踊跃地领取《实用农机》《三一五农机投诉指南》《农业机械化促进法读本》等各种资料和图片。

在咨询服务台前，专家们把农民提出的问题认真详细地记录下来，并且耐心地逐个回答。

脸上挂着笑容的农民朋友不停地询问，不停地点头。问题解答完毕后，他们握着专家的手，连声说着："谢谢，谢谢！"现场气氛特别友好和亲切。

在新机具推广处，人们围了一圈又一圈。服务队员一边讲解农业机械的选购、使用的常识，一边手把手地向农民兄弟传授机具的使用调试、检修技术。并对插秧机、联合收割机、农产品加工机等新型农机具进行现场操作演示。

好奇的农民这边问问，那边摸摸。服务现场带去的4台插秧机样机，也被农民抢购走了。

没有抢购到机器的农民，沮丧地围着服务队员，不愿离去，直到服务队员记下他们的联系方式，答应送货上门，他们才喜笑颜开。

围观的群众纷纷竖起大拇指，夸奖道："真是服务到家了！"

此次活动共散发各种宣传资料2000余份，接受农民咨询300余人次，现场售机4台，达成意向性协议23份。

通过这次活动，可以看到农民渴望依靠科技兴农、依靠农机致富的急切心情，也促使有关部门在工作中更加努力地以实际行动贴近农民，服务农业。

专家亲赴现场解决问题

2002年10月26日一大早，河南省上蔡县黄埠镇尚庄村的侯保德匆匆走出家门，去参加省驻村工作科技服务团在镇里举办的"科技大集"。

侯保德家养鸡场的1000多只鸡病了，请当地的兽医看了几天也不见好转，还大批死亡。

一筹莫展的侯保德从广播中得知服务团专家们要来的消息，就来大集上向专家们请教。

在大集上，侯保德找到养殖服务区，挤到郑州畜牧专科学校副教授杨治田的桌前，把情况详细地告诉了杨教授。

杨教授热情地答应下午就到侯保德的养鸡场去看一看。

在镇里简单地吃过午饭，杨教授就如约来到了侯保德家的养鸡场。

杨教授不顾鸡粪的刺鼻臭味，一头扎进养鸡棚，蹲在那里，仔细地察看粪便的颜色和那些病鸡的状况，同时给侯保德讲了许多养鸡知识："鸡场要注意通风""病鸡一定要和健康的鸡隔开，以免传染"……

随后，杨教授取出一只病死鸡现场进行解剖。发现鸡生的是法氏囊虫病，就对症开了药。

分手时，侯保德感激地拉着杨教授的手不停地道谢说："科学养殖就像一层窗户纸，专家不点，我们硬是看不透！"

省驻村工作科技服务团，是由省委组织部、省驻村办根据全省驻村科技服务工作的总体规划组织的，由省委组织部抽调专家，组成驻村工作科技服务总团，各市、县、区的专家组成分团，开展三级下乡科技服务，促进科技知识在农村的普及和推广，增强农民依靠科技致富的本领，推动农业结构调整。

侯保德只是省驻村工作科技服务团下乡送科技使成千上万受益农民中的一个。

自2002年7月23日以来，科技服务团组织了50多人次的农业种植、养殖、农业结构调整、医疗卫生专家队伍，先后来到鹤壁、驻马店、濮阳、洛阳4市8个县的10多个乡镇，与当地市、县两级科技服务团的专家一起，开展科技和文化下乡活动。

他们分别在浚县的白寺乡前岗村、濮阳县新习乡董凌平村、新安县仓头乡等地，举办了8场"科技大集"，并深入到50多个有驻村工作队的村子，开展科技服务。

参加"科技大集"的群众总共约20余万人次，省驻村工作科技服务总团，还给各地农民送去了4万多册各类科技书籍。

工作团受到了各地农民的热烈欢迎，每到一地，十里八乡的群众就欢天喜地地赶来，像过节一样聚集在一起。

在11月14日这天上午,科技服务团来到了孟津县会盟镇,来自省、市、县的100多位农业种植、养殖、农业结构调整、医疗卫生、法律等方面的专家,在镇文化广场两侧,摆下了长长的专家咨询台。

"科技大集"吸引了两万多名群众,大家把专家咨询台围了个水泄不通,或索要科技资料,或向专家咨询生产中遇到的问题,眼中充满了期待和信任。

对于农民的困惑和疑问,专家们都一一热情耐心地予以解答,直到农民满意而归。

科技服务团的专家们,每到一个地方,上午在"科技大集"上搞完咨询活动后,简单地在镇里吃上一碗大锅菜、几个馒头,接着再提供服务。

饭后,专家们不顾疲劳,随即又分成若干小组,走进农家小院,来到田间地头,钻入猪舍羊圈,为农民解决实际问题。

临走时,专家还不忘留下联系方式,以备农民以后进行咨询。

来自省城各大医院和高校的医务专家们,则来到乡镇的卫生院里,义务给农民看病,为乡镇医生传授先进的医疗知识和经验。

在11月13日下午,当医疗专家们在新安县仓头乡卫生院义诊时,一位怀孕38周、患有妊娠高血压症的孕妇被家人送到了这里。

如果不及时做手术，母亲和胎儿都有生命危险！但是，当地的医生却很少遇到这种情况，一时间手足无措。

省人民医院妇产科主任张菊新大夫和儿科的刘昱大夫，立即在简陋的条件下给这位孕妇做了剖宫产手术，使孕妇平安产下了一个女婴，产妇及其家属都感激不已。

谈起参加这次科技服务团下乡活动，专家们共同的感触是，活动让他们了解了农村基层的实际情况，了解到农民真正需要什么，也使自身价值得到极大实现，真正将知识用到了实处。

河南中医学院的张克运博士连续参加了驻马店、濮阳、洛阳3个市的科技服务活动。

张克运说："作为一名党员，能够参加这样的活动，用自己学到的医疗知识为农民群众全面建设小康生活服务，是一件非常有意义的事情，也是以实际行动贯彻'三个代表'的最好方式。"

省委组织部副部长、省驻村工作科技服务团总团长王笑南指出：

> 党的十六大，已经把"三个代表"重要思想确定为我们党今后一个时期各项工作的指导思想。
>
> 省委组织驻村工作科技服务团，就是要以实际行动来实践"三个代表"。
>
> 实践证明，驻村科技服务团的服务，增强

了各地农民的科技意识，使他们认识到了要想实现全面小康，必须依靠先进的科技知识来指导生产；也使专家们有了更加广阔的发挥作用的空间，服务团的工作群众满意，专家满意，基层干部满意，这充分说明了省委决策是正确的。

老教师办简报造福乡亲

自 1997 年以来,为帮助农民科技致富,江西省于都县付出了许多努力。

于都县有关部门精心编织了"三级农业科普网络",采取"县培训到乡镇,乡镇培训到村组,村组培训到农户"的逐级培训方法。

同时,通过放科技电影、夜校培训等形式,让科技知识进村入户。

每到耕种时节,县科技局、科协等有关部门,还要组织科技下乡活动,将大批科技图书免费赠送给农民。

政府的良苦用心取得了很大的成效。大批农民因此而受益,奶牛、脐橙等产业得到了发展。

李志成是于都县岭背镇禾溪村的退休老教师,他数十年如一日地自编《农事科技简报》,帮助村民解决了一个个种养难题。

有段时期,该县禾溪村的脐橙粉虱和红蜘蛛等病虫猖獗。

于是,李志成翻阅了大量书籍、杂志,编印了《如何防治粉虱和红蜘蛛病虫害》简报,让村民及时掌握了灭杀技术。

有一年夏季,村民们发现"先农一号"水稻穗明显不如往年饱满。

李志成得知后，马上查阅相关科技书籍，编出《如何应对"先农一号"问题》简报，提醒村民及早做好杀虫准备，及时掌握天气预报，做好稻瘟病的防治工作，从而有效防止了村民水稻减产。

李志成简报上的科技知识，源于自费订阅的《农村百事通》《致富快报》等杂志及一些科技书籍。

李志成"对症传技"，深受群众的欢迎。

村民李九福说："他是我们的科技活字典，我们需要什么他就给我们提供什么。他编的简报及时，内容浅显易懂。"

葛坳乡石灶村地处偏远地区。村民黄必源认为科技下乡除了送科技外，还要送意识。一些村民小农意识较强，应该让他们看到科技带来的致富作用，用切切实实的甜头来吸引他们学科技、用科技。

农民们认为，组织专家、科技人员送科技下乡，过于短暂、匆忙，且多是集中式的理论灌输，农民有些"消化不良"。

仙下乡富坑脐橙场场长袁石发说，借助种养大户的力量，可以解决这个难题。一是大户们有一定的科技知识，实战经验丰富、操作能力很强，他们是村民的一员，也最了解村民的需求；二是村民们信服这些大户，也易于沟通。

于都县庐山千亩果园园主廖晓云，就充当了这一角色。

在廖晓云的科技书屋内,他常开设脐橙种植、养护技术等课程,"学生"们是来自周围乡镇的种养脐橙的农户。

一些热心于科技传播的非科技人员,也为当地乡亲们的科学种植养殖提供了有益的帮助,并不懈地做着努力。

实践证明,只有全民动员,科技致富的春天才会真正地到来。

农民热衷赶科普大集

随着"科普之冬"和"农村实用技术大普训"活动的不断深入，科学种田、科技致富的思想为越来越多的农民群众所认可和接受。赶农村科普大集，也逐渐成为农村居民的一种时尚生活。

2004年12月7日，在辽宁省清原满族自治县夏家堡镇举办的全市第一个农村科普大集上，人们见到了农民群众争抢科技资料的热闹场面。

一位青年农民一边听着农业局专家的咨询讲解，一边把各种各样的农业科技资料往手里塞，一会儿工夫就弄到了一大把。

小伙子十分高兴地说："过去农民种田也不讲什么科学，看人家种啥自己就种啥，收多收少主要是靠老天。

"自从搞了农村实用技术大培训活动之后，学到了不少科学种田的法子，种出来的粮食、蔬菜品种好、产量高，收入自然也就多了。

"特别是赶这种科普大集，既能收集到各种信息和资料，还能直接向专家请教，有啥问题都帮咱解决了。"

农民群众学科学、用科学的积极性高，各有关部门送科技下乡的积极性同样也高。

抚顺市农业局副局长祁伟说，这次他们派出了30多位专家为农民群众开展现场咨询，带去的科技资料有数十种、一万多份。此外，还组织了不少农药、化肥和农机具生产厂家，向农民群众推介新产品。抚顺盛世肥业有限公司带来的500多公斤复合肥新产品，被农民群众索要一空。

在涉农部门送科技下乡的同时，文化系统干部职工也把精神食粮送下了乡，市文化局还为夏家堡镇的农民群众组织了一台精彩的文艺演出。

其下属的各个书店，为农民群众准备了大量农业科技、文学艺术、社会科学等方面的书刊，折价卖给农民，几个小时就售出2000多本。

一些购书的农民说，现在采用新科技种田，收入比过去多了，生活比过去好了，也应该在文化学习方面增加点投入了。通过学习文化知识，能开阔眼界和了解更多的信息，对科学种田更能起到推动作用。

农业院校开展"三下乡"活动

酷暑炎夏，挡不住"三下乡"学生的热情，在1999年暑假，全国各地农业院校大学生发挥专业优势，把农村当成社会实践的广阔天地，积极为农业、农民服务，开展农业科技推广，乡镇企业促进送文化、送医药等活动，增进了与广大农民的鱼水情。

中国农业大学以"报国兴农，实践成才"为当年"三下乡"活动的主题，组织农业科技服务队深入京郊昌平、通州等实践基地，入农户宣传农业政策法规，推广农业科技。

学生们与农民同吃、同住、同劳动，帮助农民解决生产中的技术难题。

中国农大的学生小分队还到黄河两岸一些地区，进行生态环境调查。

河南农业大学的学生到20多个扶贫示范村，进行特色农业、高效农业规划和技术援助，帮助规划村镇建设、新世纪书屋与乡村卫生所建设。

通过建立社会实践基地等方式，与一些村镇建立了长期的联系，对确立的服务项目进行长期的智力方面的援助。

南京农业大学学生在"三下乡"活动中，送信息下乡，精选农业科技信息，赴各地开展信息发布会、项目洽谈活动，为地方政府、乡镇企业和农民群众收集农村经济发展所需求的最新信息。

他们还把现代市场意识带到农村，使城乡居民以方便、快捷的途径，解决农副产品买卖难的问题。

各地农业院校的学生，都开展了各具特色的"三下乡"活动，受到当地农民群众的普遍欢迎。

山东农业大学组织17支服务队，分赴新泰、临朐、高密等10多个市县，服务项目有引进果树新品种、无土栽培新技术、蔬菜大棚栽培、小尾寒羊养殖繁育技术、板栗开发、蚕桑管理等。

沈阳农业大学开展乡镇企业促进活动，山西农业大学发起保护母亲河活动，内蒙古农业大学学生在全区100个行政村挂职当村委会科技副主任，江西农业大学将科技扶贫与灾区援助相结合。

全国各地农业院校的学生们开展"三下乡"活动，为广阔的田野带来了希望和更多的生机与活力。

陈晏杰开发远程教育

陈晏杰是一个认真的学生，也是一个认真的志愿者。在志愿者当中，有很多人参加过"三下乡"活动，是"三下乡"带给大学生们最初的震动。

1997年，旨在大力推进农村精神文明建设，满足广大农民的精神文化生活需求的"三下乡"活动正式实施。

2003年暑假，陈晏杰照例参加校团委和学生会组织的"三下乡"志愿者活动，西华大学60多名师生来到四川南充的营山县进行教育科技宣传和服务。

当看到那里的一所中学的教学条件十分落后，教学楼是一座危楼，实验器材也是十分缺乏，陈晏杰和同学们深受触动。

学生会经过讨论，他们自发地捐款1500多元。随后把学校的情况作了记录，最终促成了一家企业赞助该校修缮教学楼。

这件事让陈晏杰感慨万千，他认识到，应该让社会各界更多地了解和支持边远地区农村的教育，而志愿者就是桥梁和纽带。

在2004年，陈晏杰大学毕业。他是电子信息工程系的优秀学生，尤其擅长计算机，曾在学生活动中心做"音控师"，摆弄电器是陈晏杰的一个爱好。

成都的一家学校要与他签约，但陈晏杰最终选择了当志愿者。

陈晏杰说："4月份在母校广场上宣传'西部计划'志愿者活动，我第一个报了名，我想科技下乡，趁着年轻，用我的所学为西部人民做点儿事情。我当时想，最好到西藏或新疆去，那些地方最艰苦，我要让自己的意志得到更好的锻炼。"

但是，陈晏杰最终被分配到了湖南，搞远程教育。当时，陈晏杰对远程教育还不了解，就到网上查询了解相关的资料。

远程教育是由党中央倡导发起的，它为乡镇的每个村配备一台电脑，通过天网和互联网提供信息平台，宗旨是"让党员干部经常受教育，使农民长期得实惠"。

作为西华大学派出的7名志愿者之一，陈晏杰于2004年8月来到常德津市白衣镇服务。

常德是传说中的桃花源所在地，被誉为中国十大魅力城市之一，经济发展较快。所以在当地服务的志愿者的生活和工作条件相对较好。陈晏杰除了享受国家每月600元的生活补助以外，还有当地500元的补贴。

所以，志愿者服务地不同，待遇也会不同，由此可见东西部地区发展的差距。

白衣镇地处津市南端，总面积89平方公里，是津市最大的乡镇，建有村级远教终端接收站点15个。

此时，乡村的远程教育工程还处在试点阶段，需要一批有知识、有热情、有能力的大学生参与建设。

陈晏杰深知这项工程的重大意义和肩负的责任，但是怎么做，他心中没底。

初到白衣镇，陈晏杰先了解情况。来到白衣镇的第二天，陈晏杰就自带干粮，徒步到各村开展调查研究。

在和党员干部、群众交流谈心的过程中，陈晏杰越来越感觉到了远教工作的压力：

一方面是远程教育这一现代教育方式，与农村工作对象的素质现状有一定差距。要想让农村党员干部、群众认识它、接受它，需要一个长期的过程；另一方面开展远程教育的人才队伍严重缺乏，与满足农村党员干部、农民群众的学习需求有一定差距。

面对问题，陈晏杰开动脑筋，想办法。他把大学里的一套宣传方法照搬过来，并在当地党委、政府的支持下，利用宣传栏、黑板报、宣传标语、宣传单等多种形式，宣传远程教育的内容、作用和意义。

在田间地头，在街头巷道，在农民家里，陈晏杰拿着宣传单一边发放一边讲解。口干了，嗓子哑了，他仍不知疲倦地讲。一些人两遍、三遍听不懂，陈晏杰就一遍又一遍地讲，直到他们听懂为止。

下乡要有交通工具，老用双脚走路，不仅辛苦，而且工作效率低。

于是，陈晏杰从补贴中拿出500多元钱买了一辆旧摩托车。陈晏杰骑着旧摩托车，穿梭于镇村之间，开展服务和宣传。

经过陈晏杰的不懈努力，远程教育逐渐被大家所熟悉。

在远程教育被人们熟悉之后，接下来就是需要人们操作、运用了，陈晏杰认为培养一批成熟的站点操作员是当务之急。

在陈晏杰的建议下，镇党委在全镇范围内建立了15个培训站点，培训工作陈晏杰全包了。

培训工作开始后，陈晏杰非常繁忙。他几乎每天都穿梭在方圆89平方公里的丘陵山区之中，执教于15个站点。

在镇党委的支持下，陈晏杰又先后在镇中心远教站点举办了3期站点操作员集中培训班，培训站点操作员近50人次。

因为文化水平的限制，整天与庄稼地打交道的人们，对操作电脑刚开始都感到很难接受。一个很简单的问题，他们学起来都很吃力。就连开关机这样的操作，陈晏杰都要讲几次。

陈晏杰说："在农村，大量的中青年劳动力都已外出务工，剩下的劳动力又绝大多数根本没有接触过电脑。所以培养一支稳定的、过硬的站点操作员队伍，难度非常大。"

为此，陈晏杰想尽了办法。头一个月内，全镇15个站点操作员家里，陈晏杰平均都要去三五次，最多的去过8次。

为了帮助农民掌握基本操作方法，陈晏杰把操作程序编制成简易的流程图，让操作员贴在电脑旁，按图指示进行操作。

遇到不懂的，陈晏杰就一遍一遍地讲，一次一次地教。为帮助他们掌握文字输入，对有一点儿汉语拼音基础的，陈晏杰将水稻、柑橘、棉花等常用字的拼音写在纸条上，让他们对着键盘练习操作。

对完全不懂拼音的，陈晏杰就干脆安装紫光笔软件，让操作员直接用鼠标慢慢书写。

在工作中，陈晏杰发现，只有让他们了解学电脑的好处，才能真正激发起他们学习电脑的热情和决心。

于是，陈晏杰边教他们操作，边从网上下载一些重要信息，如早稻、中稻、晚稻的价格，帮助老百姓寻找农产品的销路，通过网上联系浙江、山东的商家。

通过上网，有一个村一次卖柑橘收入20多万元，比以前多卖很多钱。

老百姓在尝到网络带来的甜头后，知道学习电脑是件好事，还能帮助致富，于是大家都有了学习的耐心和劲头。

陈晏杰逐个程序教，并采取上门辅导、上机跟踪等办法，在较短的时间内，使全体学员对电脑的开关机、接收卫星频道、上网查询资料等常用操作规程，都能够熟练运用。

电脑操作是个熟能生巧的过程，由于农村生产繁忙，特别是农忙季节，很多操作员半个月都上不了机，本来就不是很熟练，这样一来就更加生疏了。

但如果催得太急，他们又会产生烦躁抵触的情绪。在这种情况下，陈晏杰有自己的一套办法。

陈晏杰回忆说："有一次，我去双马村操作员卜新华家上门培训，他是村主任，借口有村务处理，对我的督促很厌烦，说自己哪有那么多时间天天待在电脑旁，你越这样逼我，我越不想学了。"

于是，陈晏杰就耐着性子，忍着委屈，反复劝解，使他不能脱身，最后村主任还是又坐在了电脑旁。

陈晏杰高兴地说："那个夜晚，我接受了农民兄弟的挽留，在农户家里过夜。就这样我和15位操作员都成了朋友，他们尊敬地称呼我为'陈老师'。"

卜新华为了学会电脑，先后20多次请陈晏杰到他家进行"家教式"辅导。通过反复学习，卜新华熟练掌握了拼音打字、基本操作、上网查询、信息发布等技术。

学会电脑后，卜新华还买了一台电脑，并带动了18名党员群众学会了电脑操作。

在陈晏杰的精心教授下，白衣镇15个远教站点的技术操作员操作水平进步很快，操作技能逐步提高。

2004年底，在津市组织的远教站点操作员技术比赛活动中，白衣镇的操作员集体取得了优异的成绩，其中金泉村操作员黄雪贵，获得了全市第二名。

为能更好地开展工作,陈晏杰觉得政府应做好表率。因此,卜新华建议镇党委刘云武书记为政府配备电脑。

刘书记对此很重视,在镇政府资金紧张的情况下,专门召开会议,讨论政府购买电脑事宜。

在陈晏杰的帮助下,白衣镇政府、各站所及20多家企业,都买了电脑,上了网,还有100多家农户购买了电脑。

在2005年春节期间,陈晏杰利用值班之机,设计制作了白衣镇政府网站,开通了镇村局域网,帮助15个村级远教站点设立电子信箱,使15个村申请成为中国农业信息网会员,网上农业在该镇开始盛行。

陈晏杰为各单位、各个农户提供了安装、培训、维修、学用等一条龙服务,确保他们能放心上网,寻找致富之路。

该镇的一家公司建立远程营销网站时,陈晏杰帮助他们选购电脑、配齐设备、安装调试、技术培训、设计软件、策划宣传等。

公司总经理感激地说:"小陈工作热情,技术全面,服务周到,为我们企业快速进入国际市场架通了生命保障线,我们表示十二分的感谢。"

种粮大户田泽民,有100多亩水稻,过去种常规稻,增收不是很明显。

于是,陈晏杰就主动联系田泽民,希望他学习电脑,通过上网查询选购优良品种,提高收入。

但一开始，田泽民很不以为然，认为电脑当不了饭吃。可陈晏杰没有放弃，仍然反复做他的工作。

2004年6月，在陈晏杰的一再劝说下，田泽民抱着试一试的心理，参加了一次电脑集中学习班，通过上网查询，选种了优质稻"金健三号"。

结果价格比常规稻每百斤高出10元到12元，当年增收一万多元。尝到甜头的田泽民对电脑信服了，对陈晏杰信服了。

2005年春节刚过，田泽民就请陈晏杰帮助自己选购电脑。

双马村营销大户卜毕武，在陈晏杰的指导下，学会了电脑操作技能。2004年，通过网站掌握市场信息，销售柑橘300万公斤，净赚了30多万元。

经过陈晏杰一年多的努力，全镇已形成了学电脑热、购电脑热，掀起了远教学用热潮。

一次又一次成功的尝试，使白衣镇的党员干部和群众认识到了远程教育的巨大作用，他们发自内心地说："致富路上走，远教是帮手。"

在白衣镇，远程教育正向这里的山山水水、家家户户延伸开去，为这里的农村注入了一股新的活力，带来了生产生活方式上的巨大改变。

三、百姓受益

● 余振发激动地说:"多亏县科协和科技局到我们村现场培训名茶采制技术,为我们送来茶叶增收的'金钥匙'。"

● 刘云山强调:"我们必须认真对待文化下乡活动,架起党和农民群众的连心桥。"

● 胡世莲说:"像这样常态化的卫生下乡队伍,医院常年有3支工作在农村基层,卫生下乡带来了'两头'受益的良好效果。"

农民借上网电话促发展

2005年以来,河北省邯郸市通过上网电话,使农业科技信息进村入户,受到农民的欢迎。

一天,邯郸市南街村的冀书涛发现自家地里的麦子长势不太好。

到了傍晚,冀书涛匆匆来到了村科技进村服务站,拨通了上网电话,寻求帮助。

冀书涛说:"昨天发现,这地里的麦叶都黄了,一片一片哩,想问问是病害呀还是冻害,有啥补救措施哩,通过这个网看看、查查。"

冀书涛所用的上网电话,外观就是一个大屏幕电话机,它既能打电话,又可以拨号连接邯郸农业信息网,查询农业技术服务信息、生产资料价格、了解农产品市场行情。

使用这种上网电话,农民不需要有专业电脑知识,不需要复杂的操作,只要连接好电源和电话线,按上网键就能联通互联网。

邯郸市已经有60个村子安装了这种简便的上网设备。

邯郸市市委书记董庆民说:

> 农村要发展，首要的是必须解决好农村信息闭塞问题。
>
> 我们从2003年开始，实施了"网络下乡工程"，通过上网电话这种农民用得起、用得上的设备，把政策、信息、技术等送到千家万户，有效解决了农业信息技术"进乡不入村，进村不入户"的问题。

邯郸市的这种上网电话，一般安装在各个村的科技进村服务站，工作人员一方面指导农民免费上网查询信息，并通过黑板报、喇叭广播及时发布；另一方面，将农民的所需、所盼，上网传递到县信息中心，信息中心解答后，再上网反馈给农民。

现在科技进村服务站，在邯郸市的多数村都成了农民最喜欢的地方。

南街村服务站站长王帅坤说："每天来二三十人，尤其是一到晚上，农民抽出时间，带着笔，带着本儿，一块过来，从网上查这个信息，摘录对自己有用的农业实用技术、病虫害信息，还有这个致富信息。"

农民在生产中遇到了问题，随时可以通过上网电话查找相关信息，获得帮助。还可以浏览新闻，了解市场动态，接受科技知识教育，发布种植、养殖、加工等农产品信息，进行网上交易，受益农民达到3000多人。

最早安装上网电话的西城子村村民郝红明，在上网浏览时发现，错季杏价格高，在当地种的也不多，就决定种点试试。

于是，郝红明又上网求购了 3 亩多的杏苗，两年下来就多收入了 1000 多块钱。

郝红明说："这个上网电话太方便了，咱一个老农民去哪弄那么多信息哩，只要有这个上网电话，你想查啥，啥时候打药，啥时候施肥，买啥种子，一查就了解了，一查就明白了。"

"网络下乡工程"的实施，及时地解决了农民在种植养殖的过程中遇到的问题，减少了不必要的损失，增加了收益，因而受到了农民的普遍欢迎。

科技让农民收入增加

作为上海市科委科技帮困重点村，2003年兴塔镇下坊村在市科委、区科委等单位的牵头下，与上海农科院缔造共建小康签约。

上海农科院科技人员，直接与种植、养殖户结对子，进行科技帮困。他们不仅从技术培训、新品种引进、市场的预测和分析等方面给予了大力的支持和帮助，而且还经常深入田间、菇棚进行现场指导，得到了农户的欢迎和好评。

在2003年，由农科院专家指导的9户农户种植的27亩优良品种西红柿，以及4户农户种植的4444平方米食用菌，均已取得了较好的经济效益。

其中西红柿平均亩产达到3500多公斤，产值约5000元。比常规品种产量增1000多公斤，产品质量和档次提高，每亩收益比常规种植高25%左右。

通过科技帮困，使该村广大农户尝到了科技种田的甜头，全村平均每户增加收入5000元，人均收入达到5774元。

而一项适用于高寒山区，增加水稻有效穗数和产量的栽培技术，即"拉绳、打点、定距"插秧法，在贵州省安顺市得到了广泛的推广，并受到农民的热烈欢迎。

贵州省平坝区农民李宗才，使用该方法后，他家的2.1亩田收谷子1605公斤，比以前增产170公斤。

在农业科技人员下乡帮扶下，河北省桃城农民大胆调整种养结构，种特色蔬菜，搞特种养殖，走上了富裕之路，5万农民年均纯收入7000多元。

农民要依靠农业致富，转变种养观念是第一步。针对农民种养观念落后，囿于传统不敢大胆调整种养结构的实际，桃城区农业科技人员下乡引导农民转变种养观念。

农业科技人员通过向农民发放宣传资料、组织农民外出参观学习、请种养典型介绍经验等形式，使农民大开眼界，尽快地跳出了传统的种养模式，大胆调整种养结构。

3年来，有5万多农民压缩了粮棉的种植面积，发展起了大棚蔬菜，搞起了特色养殖，使全区的棚菜面积迅速达到了7.5万亩，特种养殖达到两万多户。

田庄村农民李右军，过去一直种大田作物，效率低，年收入仅能解决一家的温饱问题。

2003年，李右军在区农业局技术人员赵学刚、王艳霞的帮扶下，建起了两个大棚，种上了奶白菜、樱桃西红柿，当年就收入两万元，走上了富裕之路。

农民要致富，必须掌握一定的科技知识。为提高农民的科技素质，农业科技下乡工作人员按照"实用、实际、实效"的原则，狠抓农民的科技培训。

他们制订了详细的培训计划，编写了《无公害蔬菜生产规程》《棚菜种植》《肉牛养殖》等技术资料1万余份，并发到农民手中。

科技人员还深入田间地头，手把手地向农民传授实用技术，通过在全区建立8个农业科技大喇叭、开通技术咨询热线、聘请专家讲课等方式，对农民进行培训。这使桃城区两万多农户直接受益，有力地提高了农民依靠科技致富的能力。

在抓好科技培训的同时，下乡的农业科技人员还实施信息扶贫。他们与中国农大、河北农大、河北农科院、邯郸农科院等大中专院校建立了长期联系。

同时，利用网站，积极搜集各种农业信息，引进推广新技术、新品种，再通过下乡指导、培训等形式，发布给农民。

3年来，桃城区共引进旱作农业、秸秆还田、免耕播种、精量播种、节水灌溉、节本增效等新技术100多项，共引进新品种80多个，共传送信息1000多条。

邓庄科技示范园区倪春景说："正是依靠科技人员提供的信息，俺种的樱桃西红柿，不仅摆上了北京人的餐桌，而且还销到了俄罗斯，俺现在每棚樱桃西红柿的年纯收入就达到了1.3万元。"

科技下乡，让广大农民的日子越过越红火，越过越有劲儿。

淳安县扶贫工程助致富

2004年的春茶采制刚刚告一段落,浙江省淳安县中庄村村主任余振发就算了算春茶收入,全村居然增长了30%。

余振发禁不住激动地说:"多亏县科协和科技局到我们村现场培训名茶采制技术,为我们送来茶叶增收的'金钥匙',不然,我们的茶叶收入哪会增长得那么快。"

中庄村农民说的增收"金钥匙",就是淳安县实施的"131"科技帮扶培训工程。

为促进农民增收,该县重点对131个经济欠发达村自己农民,进行科技帮扶培训。

自2002年以来,已有1.4万多淳安农民接受了各种农业实用技术培训,掌握了一门乃至数门技术,并在农业增效中发挥效能。

由于各种客观原因,淳安有131个村属欠发达村。这些村或在大山深处,或在偏远库区,且清一色基本无工业项目,农民增收的唯一途径就是农业增效。

为掌握农民增收所需的第一手情况,科协、科技局的干部跋山涉水,深入大墅、安阳、瑶山、屏门、临岐、光昌、王阜等乡镇的欠发达农村,或走访农户,或与乡村干部座谈,了解农民对提高茶叶、蚕桑、中药材、蔬菜、水产、畜牧、干水果、养蜂效益等方面的信息。

县科技局负责人方武彬说，由于长期进行实地调研，掌握农民所需，培训农民就有了准确的目标和导向。

根据调研结果，县科技局编写了《名茶生产技术》《板栗生产栽培技术》《香菇生产栽培技术》《网箱养鱼技术》《山核桃生产技术》等实用技术手册，有的放矢地对农民实施大规模的培训工作。

一年之计在于春。抓住春季农民打算调整种养结构的时机，举办各种形式的培训活动，是"131"工程取得显著成效的主要举措之一。

在2004年春，横沿乡农民老姚种的5亩早生良种茶投产了，他迫切地想掌握名茶的采制技术。

4月初，"131"工程的名茶培训班办到了老姚的家门口。专家手把手地教技术，使老姚的春茶全部加工成名茶。

仅2004年春天，"131"工程就举办各类免费科技培训班100多期，受训农民近万人。

同时，科协还放映科普录像和科教电影118场，举行科普文艺演出9场，在淳安山区掀起了"科技兴农"的新高潮。

掌握一至两门实用技术的农民，成为"131"工程的最大受益者。

地处千里岗山腹地的大墅镇西园、高山、贯庄、殊塘等村经济欠发达，但海拔较高，且无污染，发展高山蔬菜，条件得天独厚。

可是，当地农民缺乏种菜技术，迫切需要科技帮扶培训。针对这一实际情况，县科协、科技局以"131"工程为载体，组织蔬菜专家进驻大墅，举办了5期高山蔬菜栽培技术培训班，使农民很快掌握了相关技术。

大墅镇的高山蔬菜现已迅速发展，种植面积达4000多亩。农民种高山蔬菜，每亩收入达2000元左右，比原来增加了700余元。

里商乡叶岭村戴小平等4户农民，接受"131"工程培训后，掌握了名茶采制技术。

戴小平他们联合承包了100多亩荒岛，依靠科技，发展名茶生产，2004年的春茶收入就达13万余元，成为致富的典范。

杨生源致富不忘乡邻

云南省大理州广大的科技工作者,把先进实用的农业科技送到了田间地头,送到农民的手里,为农民群众脱贫致富提供了强大的动力。

大理市七里桥镇白族农民杨生源,是村里有名的"茄子大王"。他家种的茄子不仅外观好,品质好,而且种一季能收两茬。后一茬茄子在11、12月上市,比一般的夏茄子晚上市好几个月,价格自然就高。

凭着种一季收两茬的"绝招",杨生源盖起了新房,一年光卖茄子就有近两万元的收入。

提起这件事,杨生源打心眼里感激镇农科站的科技人员。

就在几年前,杨生源种的茄子也是一季只能收一茬。在五六月份,茄子上市后,茄子树就枯萎了,只能拔掉。

爱琢磨事的杨生源,心里觉得有点不甘心。他想,能不能让茄子树来个老树发新芽,重新再长出果实来呢?

杨生源把这个想法同镇农科站的科技人员说了说。没想到镇里挺重视,专门派了两名农科员与杨生源一起搞"攻关"。

他们一起研究茄子的生长习性,一起实验各种肥料的作用。

经过反复的琢磨、试验,最后,他们发现,用适当比例的氮、磷、钾肥,配上农家肥,直接喷施在茄子树的根部,再加强一下管理,老茄子树就能够再次长出新苗来。

尝到科技的甜头后,杨生源义务地当起了村里的农科员。在他的带动下,村里的大多数农民都学会了种一季茄子收两茬的技术。

科技让祖祖辈辈种菜的七里桥镇农民种出了新花样。

走进七里桥镇,你可以看到山东的大蒜,四川的西红柿,江浙的胡萝卜,泰国的白菜,还有日本的四季豆……

全国各地,乃至国外的优质蔬菜品种,在苍山洱海间这片肥沃的土地上安了家。在这里,农民收获的是科技给他们带来的累累硕果。

大理州广大科技工作者们,通过各种形式的科技下乡,积极开展新品种、新技术的示范和推广。他们为农民提供技术服务,让68万农民掌握了两门农业实用技术,科技对农业增长的贡献率达到40%,激发了农民学科技、用科技的热情。

农民自发组织的500多个农业专业技术协会,遍布村村寨寨,把农民和科技、市场紧紧地联系在了一起。

在大理州冻精站的扶持下,太和村白族农民杜八一家的水牛,进行了印度摩拉牛的人工授精改良。改良后的水牛不仅体形高大,而且能产奶。

杜八一的妻子高兴地说，改良后的水牛，每天每头能产奶两三公斤，一公斤能卖4.8元钱，比一般的鲜奶要贵好几倍。

杜八一的妻子还说，水牛奶营养价值高，城里人很喜欢买。

杜八一家靠改良水牛赚了钱，但他没有急着建新房，而是盖了3间卫生牛圈。

在太和村，同杜八一家一样的改良水牛已经有几十头，每头每年将给农民带来近5000元的收入。

大理州的农民在科技人员的指导下，已实实在在地尝到了科技致富的甜头。

新型培训保证双丰收

一天,浙江省云和县赤石乡的农民刘建英翻开账簿,开始细算起来。

通过认真地计算,这年,刘建英家的6000多公斤杨梅居然卖了2.4万多元钱,这让她心里乐开了花。

"这些钱不是我赚来的,是我学来的。"刘建英说。刘建英种杨梅多年了,但是到头来却总是劳而无功。

是什么地方出了问题?刘建英百思不得其解。后来,刘建英参加了新型农民培训后,才恍然大悟。

随即,刘建英调整了种植方法,种植的杨梅树,每株能产300公斤的杨梅。而刘建英也摇身一变,成了"杨梅师傅"。

云和县有上千位农民,通过新型农民培训,不仅学到了一技之长,而且还取得了全国通用的《农民技术人员技术职称证书》,正式成为"持证上岗"的技术型农民。

云和县农村劳动力转移办公室负责人毛荣理说:"农民培训关键在于保证培训质量,然而前几年,我县的培训还存在时间过短、培训效果不明显、培训环境差等现象,保证不了培训的效果。"

在改善培训环境方面,临海垟村走出了第一步。临海垟村成立了村级新型农民培训学校，专门组织农民学习苗木技术。

该村有200多位农民从事苗木种植，销售收入达60多万元。

云和县创办了20多所村级新型农民培训学校，同时，全县14个乡镇都拥有了新型农民培训实习基地，总面积达2000多亩。

学校创办后，云和县聘请了40多名包括种植、养殖在内的"专业师傅"到各校授课，确保了培训质量。

同时，30多万字的自编教材同步推出，内容涵盖素质教育、实用技术、经营管理等领域。

毛荣理说，要保证培训质量，仅加大硬件、软件的投入远远不够，还得保证培训时间。

为此，云和县定下了严格的制度，规定每个学员全年累计参加培训时间不少于12天，否则将不能获取技术等级证书。

在12天的新型农民培训中，素质教育培训则占了20%的时间，这一举措，有效地保证了该县农民真正实现文化、技术的"双丰收"。

文化下乡转变农村风气

1997年新年伊始,各地的送戏下乡、送书下乡活动就呈现出一片繁荣景象。

早在1995年底,由中宣部、农业部、文化部等八部委联合发起的文化下乡活动开展后,全国仅戏剧下乡就有11万多场,组织电影放映30多万场,向农民赠送书报刊1200余万册,建立农村书库1.4万多个。

文化下乡活动,不仅丰富了农民的文化生活,而且在推动农村科技普及、加强文化基础设施建设,以及促进农村社会风气好转等方面,都取得了明显的效果。

在村里的图书馆阅读全国各地的书刊,在家门口看专业文艺团体的演出,已是许多地区农民不可缺少的精神生活。

与此同时,农民艺术节、民间民俗表演、农民运动会、卡拉OK比赛、书画摄影展等丰富多彩的群众性文化活动,也在农村广泛开展起来。

各地出现了北京"燕山情"演出团、广州"金穗计划"送书队、西安"欢乐的村庄"送戏慰问团、"希望的田野"主题科技下乡队、太原"金桥工程"致富小组等,一个个"文化科技下乡专业户"常年活跃在田间地头,为广大农民送去了欢笑,送去了致富的本领。

蓬勃开展的文化下乡活动，有力地推动了农村文化基础设施的建设。

文化下乡活动，不仅给广大农民送去了一台台戏，一本本书，同时也送去了健康、向上、文明的生活方式和生活情趣。

福建省广泛开展倡导文明新风，反对迷信、赌博活动，有效地抑制了婚丧事大操大办、请客送礼、铺张浪费等歪风陋习。

各县、市、区普遍成立了妇女禁赌协会。广大干部群众反映，文化下乡活动开展以来，农村出现了"三多三少"，即"读书学技术的多了，求神卜卦、赌博的少了；维护社会治安的多了，打架斗殴、寻衅滋事的少了；上项目干事业的人多了，游手好闲的少了"。

加入文化下乡队伍中的广大文艺、科技工作者，在丰富农村生活、重建农民精神家园的同时，自身也受到了教育和锻炼。

贵阳市京剧团一名演员说："在零下二三度的天气里，看到台下观众一动不动，那眼神，那热情，真令人感动。作为一名演员，这时只有一个心愿，就是再冷再累，也要为这些热情的农民观众送上自己最拿手的节目。"

时任中宣部副部长的刘云山说：

> 做好文化下乡工作，实际上是密切了党和

群众的关系。

刘云山指出,在去年以来各地各部门开展的文化下乡活动中,广大文化、科技工作者耳闻目睹了农民群众对文化科技的渴求和热情,亲身体验了边远山区农民的艰辛,普遍认识到,只有深入基层,为人民服务,才能为文化艺术找到更广阔的天地。

刘云山还说,另一方面,文化下乡活动又给农民带来了实实在在的好处,带来了看得见、摸得着的利益,逐步解决农民迫切需要学习文化,掌握科技,提高健康水平的要求。

刘云山强调:

> 我们必须认真对待文化下乡活动,架起党和农民群众的连心桥。

宝丰彰显农村文化底蕴

在文化娱乐方式呈现多元化的现代社会中,河南省宝丰县马街书会能历经数百年而弦歌不衰,可以说是一个不小的奇迹。

改革开放以来,宝丰人依托深厚的历史文化积淀和广泛的群众基础,自发组建演出文化团体,走出田野,走出家门,走向全国,走向世界,向世人展现了中国农民的聪明智慧和艺术实践,成为我国农村文化建设的一道独特景观。

事实上,农村是一片大有希望的文化沃土,农民不仅仅是"送文化下乡"的对象,更是农村文化创造的主体。

时任河南省省委书记的徐光春这样评价说:

宝丰文化现象告诉我们,农民创造文化,文化造福农民,大力发展农村文化,必将为建设社会主义新农村注入强大的动力。

从这个角度看,农民既是社会主义新农村文化的建设者,更是受益者。

两者互因互应,完全可以相得益彰。

作为农村文化的建设者和受益者，他们"来自民间，成长于民间，服务于民间"。

身为农民，他们最熟悉农民的生活，他们的表演也最为农民所喜闻乐见。

他们既是土生土长的民间艺术的创造者，又是摸爬滚打在农村文化市场第一线的实践者。

他们既是依靠文明演出、创造社会与经济效益、带领农民脱贫致富的实干者，又是优秀民间艺术的传播者、弘扬者、发展者和受惠者。

广大农民在促进农村"生产发展、生活宽裕、乡风文明、村容整洁、管理民主"等方面，正在发挥着重要作用。

农民热烈欢迎文化下乡活动

2005年6月7日,湖北省阳新县文体局60多名干部职工深入排市镇下容村,开展送文化下乡活动,受到了当地农民的热烈欢迎。

县文体系统11个单位的500多名干部职工,向下容村捐献医疗卫生、农业科技、学校教育等各类图书3000册。

下容村位于该县排市镇海拔500多米的山上,有1300多人,是有名的山区特困村。

这次活动,让人们真切感受到了农民对文化的渴求,让农民感到欢欣鼓舞。先进性教育给农民的思想观念带来了巨大的变化。

当地老百姓发自肺腑地说:

党的政策好啊!

由于当天雨天路滑,19时30分,所有的工具才搬运位。随后,乡亲们等候已久的演出正式开始。

首先,县文体局领导对村委会和10个特困户进行现场捐赠,并表示今后要多开展这类活动,加大对该村的扶持力度。

随后，县采茶剧团又把最精彩的节目带给老百姓。大家看得如痴如醉，掌声、欢笑声不断。

一位老大爷十分感慨地说："26年了，村里人没看到戏了！你们今晚能不能多演些节目，天黑路滑不好走，我们这里有地方睡！"

到23时，晚会将要结束。乡亲们却没有丝毫的睡意，大家都不愿意离去，纷纷提出加演。

在乡亲们的强烈要求下，剧团于是又增加了两个节目。

晚会结束后，乡亲们点着火把，打着手电筒，送演员下山。

在漆黑的夜里，山风夹着细雨，落在人们的身上。道路有些湿滑，车子只能慢慢地驶出深山。

但是，当大家回头向车后望去，只见那一簇簇的火把还在山路口闪动……

农家书屋让农民长知识获收益

在文化下乡活动开始后,全国各地都积极地行动起来。

在天津市北辰区北仓镇桃口村的农民书屋,村民刘士萍兴奋地说:"自从我们村建了书屋后,那些养猪、养鱼和种果树的村民,都没少从书中得好处,大家都说这个书屋好。"

北仓镇把农村书屋建设作为提高农民素质和壮大农村文化阵地的主要途径来抓,利用各村"五个一"工程阵地,先后在北仓、闫庄、桃口等8个村建起了书屋。

同时,还为书屋配备了价值16万元共1.2万余册的图书,内容涉及农业实用技术、农村致富经验、政治法律、文化教育、文学艺术、农村医疗卫生和生活等多个方面。

与此同时,北仓镇政府还要求各村建立"农家书屋"长效工作机制,真正使"农家书屋"成为农民讲文明、树新风、移风易俗的精神家园,促进农民思想道德素质和科学文化素质的不断提高,为社会主义新农村建设提供思想文化保障。

养鱼户孙涛兴奋地说:"以前,我们对养殖方面的知识懂得很少,只是依靠自己的经验凭直觉操作,没有多大的收获；现在，书屋有很多与农业知识相关的图书，而且，这类科技书又是专为农民朋友编写，内容通俗易懂。例如常见的鱼浮头，我们以往只知道使用增氧机增氧，用漂白粉、生石灰消毒，却不知道当无法增氧时，可向池中投洒黄泥水加食盐水的方法，起到沉淀有机质，吸收有毒物质的浆液的作用，而且同样可以缓解鱼浮头。这些书使我们充了电，又赚了钱，真好啊！"

　　科技文化下乡，着实为农民解决了不少实际问题，在学习的过程中，农民既长了知识，又获得了经济收益，可谓一举多得。

专家为农民带来福音

2003年12月25日，对于资阳小院镇医院来说，是一个值得庆贺的日子。这一天，四川省卫生下乡爱心服务团的3名专家来到该院，进行现场手术指导、专题知识讲座和教学查房。

农民荣科群是这次卫生下乡众多受益人中的一个，家庭贫困的荣科群患重病，却无钱上大医院治疗。

当地卫生院想对荣科群实施胆囊切除手术，总感心中忐忑，没有多少把握。

专家团的到来，使他们总算舒了一口气。在华西医院吕青副教授的现场指导下，小院中心医院的医生只花了一个多小时便顺利完成了手术。

荣科群没多花一分钱，便得到了高质量的治疗。

受益于这次卫生下乡的，还有石盘、回澜、小院三镇的5万多农民和众多的村乡镇卫生医护人员。

这次四川省卫生下乡爱心服务团活动，专家们共开出了6000多份处方，接受咨询5万多人次，送医送药到6户农家，举行了6场卫生知识专题讲座，其中包括医护技能培训，发放数千份卫生保健宣传资料。

实施"光明行动"，为15名患者进行了白内障复明手术。

在这次活动中，专家们深入到最贫困的农家。农家的贫困和"缺医少药"使专家们有了切身的感触，受到了现实的教育。

他们自发地捐款给几户最贫困的人家，使爱心团的"爱心"意义更丰厚了。

在我国西部的一些地区，贫困制约了农村卫生保健的普及，农民长年累月地艰辛劳作，留下了一身疾病，却又得不到基本的治疗和保健。

贫困和疾病的交互作用，以及缺乏基本的卫生知识，影响了他们奔小康的步伐。

正如爱心服务团的一位教授所说："通过卫生下乡，深入到基层，才真正了解了农村的医疗现状，让农民有基本医疗保健是迫切的任务。"

省卫生厅副厅长赵万华在卫生下乡爱心服务团活动启动仪式上说：

政府和社会各界对贫困地区农民现状的关注及援助是非常必要的。

卫生下乡的目的之一，便是促进社会对农民健康的关注和对农村卫生工作的支持，促进农村全面建设小康。

河南省宁陵县楚庄乡赵庄村村民赵天福，不出乡就做了胃切除手术，医药费只花了2000元，仅相当于在县级医院花费的一半。

在宁陵县人民医院下乡专家的主持下，楚庄乡中心卫生院3名医生为他开了刀，这是该院历史上首例胃切除手术。

2005年6月底，宁陵县启动了"百名医师支援农村工程"，近百名县直医疗单位的医务人员，组成了6个医疗队，分赴5个边沿乡镇卫生院。

此项工程为期3年，医务人员半年一换，每个乡镇卫生院派驻3人。

工程实施后，农民看门诊和住院比例明显增加，一些疑难杂症也得到了有效治疗。

受援乡镇卫生院一改门庭冷落的萧条状况，门诊病人多了，做手术病人多了，经济收入也相应地增加了。

卫生下乡活动的施行，为一些农民解除了痛苦，使他们重新获得了健康和新生，受到老百姓的热烈欢迎。

安徽卫生下乡活动双双受益

每天上午，在查房的时间，国家级贫困县安徽省颍上县医院的病房里，都有几位操着普通话的外地医生，一床一床地嘘寒问暖，并不时地同身边当地的医护人员交流着病情和治疗对策。他们就是安徽省立医院医疗队的队员们。

在2005年不到半年的时间里，医疗队的到来，让颍上县医院发生了看得见的变化：医护工作规范了，治疗水平提高了，治疗费用下降了。

省立医院党委书记胡世莲说：

像这样常态化的卫生下乡队伍，医院常年有3支工作在农村基层，卫生下乡带来了"两头"受益的良好效果。

安徽省立医院，是全省最大的三级甲等综合性医院。在日常承担着繁重的医疗保健、教学科研、预防康复等工作任务的同时，医院党委把医疗卫生下乡和帮助基层卫生单位提高医疗水平、改善农村卫生条件作为义不容辞的责任。

安徽省立医院积极引导医护人员，自觉服务农村农民。医院以卫生下乡的具体项目为载体，建立起以主治医生、副主任医师以上职称者为主体的常态化下乡队伍。

赴颍上县医疗队，是卫生对口扶贫项目。像这样的队伍，医院已经连续3年在皖北、沿淮和大别山区的县和乡镇开展工作，每期半年时间，帮助受援单位提高医疗水平，改善医疗条件。

第二是青年志愿者扶贫接力计划项目，安徽省立医院建立起近800名医护人员参加的卫生志愿者人才库。从1997年开始，连续派出多批次医护人员，在大别山革命老区的蓝溪、油坊店和三十铺等乡镇进行医疗扶贫。

另一支常态化的队伍，是巡回义诊和救灾防病的医疗队，主要应对突发灾害和经常性防治工作。

作为省级防盲技术指导中心，省立医院的医疗队员深入全省所有的县开展技术培训，开展2.2万多例各类眼科手术。

在服务农村农民的同时，艰苦条件的磨炼也使医护人员的爱心得到了升华，医疗质量和医疗态度也得到了有效改善。

曾经荣获"中国十大杰出青年志愿者"称号的虞德才医生说：

> 在山区卫生扶贫半年回来以后，对待患者的感情明显不同了，开处方时自觉地为患者精打细算。

在医院对病人出院时进行的"满意度测评"中,病人的满意率一直保持在95%以上。

卫生下乡改变了医疗工作者的态度,同时,也让困难的群众得到了及时有效的治疗,得到了农民朋友的认可和欢迎。

群众称赞"三下乡"活动搞得好

2003年12月25日，由重庆市卫生局率领的"三下乡"服务团，开着"光明医院"流动快车，来到綦江县古南镇，为十里八乡的父老乡亲送去医疗卫生、生殖保健服务，以及数万元的药品。

与此同时，12名失明多年的老年白内障患者，经过手术后也重见光明。

这天，正是赶集的日子。只见古南镇车水马龙，人来人往。

当卫生"三下乡"服务团在古南镇广场，刚刚把横幅挂出来时，村民们就围住了还未来得及穿上白大褂的医生们。

市中医骨科医院的张医生刚一入座，等候多时的一位老婆婆便不管三七二十一，要城里的医生给她看看头昏。

见老婆婆性急，张医生立即将她带到重医附一院神经内科医生处。

在医生做出诊断后，老婆婆得知自己的病是神经性头痛，并明白了需要服用什么药，她高兴地说："我没有花钱就看了病，'三下乡'服务好，像这样的活动要多组织些就好了。"

在25日和26日,"三下乡"服务团分别前往綦江县中峰乡、石壕镇,为当地农民送医送药。

与此同时,市卫生局领导还给当地医生、政府官员讲解"农村合作医疗""医院感染的预防控制""非典防治""地方病防治"等知识。

医疗卫生下乡,让广大的群众亲身感受到了春天般的温暖。

送医送药下乡深得民心

在卫生下乡活动开展的过程中，安徽省望江县领导对此给予了极大的关注。

县领导率领县卫生局组织县医院、中医头针医院、疾病控制中心、血防站、妇幼保健所等县直医疗单位的30余名骨干医师，分赴鸦滩镇连塘城村和雷池乡三河村开展现场义诊活动。

在义诊现场，有的农民朋友说："我这里经常痛，肚子发胀，麻烦医生给我看看。"

有的说："医生，我经常头昏，不晓得是什么病。"

……

医生们被群众围得水泄不通，只见有的医生在详细询问病情，有的在仔细做检查，有的在开处方，有的免费发药。义诊队里，一片繁忙的景象。

农民查根娥是这次卫生下乡众多受益人中的一个。查根娥家庭贫困，她多年来，一直感觉腹部不适。

义诊队的到来，使查根娥总算可以舒一口气了，她没花一分钱，就知道了自己所患的是胆囊结石。医生建议查根娥到医院进行手术治疗，尽快解除病痛。

受益于这次卫生下乡的，还有这两个村及周边行政村的村民。

专家们共开出了120多份处方，接受B超等检查40余人次，接受咨询400多人次，发放健康教育材料3000份，送药品价值5000多元，现场兑付新型农村合作医疗补偿款4万余元。

卫生下乡人员的到来，受到了群众的热烈欢迎。

连塘城村年近60的何志斌激动地说："我们村离县城远，道路状况又不好，去医院看病不容易。今天你们来到家门口，省得我跑好几十里路。"

卫生局负责人说，这次卫生下乡的目的，就是促进社会对农民健康的关注和对农村卫生工作的支持，促进农村全面建设小康，今后卫生部门还将以多种形式开展送医送药下乡活动，切实缓解农民看病难的问题。